ひとまず上出来

ジェーン・スー

ON AIR

文藝春秋

もくじ

装画・カット —— killdisco
デザイン —— 中川真吾
DTP —— エヴリ・シンク

ひとまず上出来

化粧が写真に写らない

突然ですが、大事なことなのでよく聞いてください。先達として皆さんにお伝えしたい衝撃の事実があります。四十代になると、どんなにメイクをしても、化粧が写真に写らなくなる珍現象が起こります。マジでマジック。

ＳＦ作品などに触れて生じる不思議な感動のことを「センス・オブ・ワンダー」と言うそうですが、これはまさに四十代のセンス・オブ・ワンダー。以前、対談した漫画家の伊藤理佐さんが「化粧をしても写真に写らなくなったので、メイクをやめた」とおっしゃっていたけれど、ようやく私にも、それがわかる日がやってきた。四十五歳くらいから、いままでと同じ化粧をしても、写真の私はすっぴんに見えるようになりました。

己のツラを観察すると、顎《あご》やら目やら眉やらの輪郭が、ぼんやりしてきたように思います。お香典の袋に署名する薄い墨ペンで描いたような顔。輪郭なんて水彩画だよ。加齢のせいで地の顔が薄くなり、以前と同じメイクでは底上げ不足になったということなのかしら。

ファンデーションの厚塗り、チークの入れすぎ、ひじきマスカラに象徴される昭和のおばちゃんメイクは「化粧を写真に写そう」という努力が明後日の方向に向かってしまった結果だったのかもしれません。令和を迎えたネオ中年の我々は、同じ轍《てつ》を踏んではならぬ。

さて、どうしよう。私が目をつけたのはコントゥアリング、いわゆるキム・カーダシアンメイクでした。「いわゆるなんて言われてもわからないわ」という方は、「キム・カーダシアン メイク」で画像検索を。顔面の立体感を強めに演出する手法ですが、我々もついにこれに手を出す時がきたのです。

善は急げと、キムがプロデュースするＫＫＷ ＢＥＡＵＴＹをネットで注文しました。二週間ほどで届いた商品は、クレヨンのような質感に八丁味噌のような色をしたコントゥアスティックと、目がくらむほどにキラキラと輝くハイライトパレット。え、こんなの顔に塗ってもいいの？　と躊躇《ちゅうちょ》する質感でした。舞台メイク用化粧品という風情です。CATSになりたいわけではないのだけれど。

まずは言われた通りにやってみようと、使い方に倣《なら》って顔面に線を描けば、鏡に映った私は石井竜也かデーモン小暮。本当にこれで大丈夫？

続いてチュートリアルの通りに線をぼかしてみると、肌馴染みは良いものの、休日の石井竜也ぐらいにしか薄まってはいません。休日の石井竜也のことはなにひとつ存じませんが、鏡の中の私はそんな感じに見えました。

米米CLUBの大ヒットソングと言えば「君がいるだけで」がそのひとつですが、あの曲は一九九二年リリースだったんですね。もう三十年近くも前の話ではないか。ドラマ「素顔のままで」の主題歌だったはず。

三十年経ったら、米米メイクをしたって「素顔のままで」状態になるだなんて、現実は常に予想を軽々と超えてきますね。三十年前の私は十九歳。ちょっとお化粧しただけで濃く見えちゃったあの頃が懐かしい……。

さて、三十年後の私よ。とにかく問題は、化粧が写真に写るか否かだよ。撮影のある取材日、私は満を持してコントゥアリングメイクで挑みました。そして……モニターを見てびっくり。嘘でしょ。めちゃめちゃちょうどいいじゃない！

赤や緑や青といった派手な色を使わないので厚化粧の印象はゼロ。陰影をつけたおかげで顔の凹凸がハッキリしただけでなく、表情まで生き生きとしているように見えます。写真って不思議だわ〜なんて思ったところに、通りかかったスタッフが一言。

「今日のメイク、ナチュラルで素敵です！」

ああ、そう。写真だけじゃないのね、現実もなのね。四十代は米米ＣＬＵＢでちょうどいい。どうやら私の視界も認識も、相当ぼんやりしているようです。

地球滅亡前夜がいちばん自由

本質的にはどうでもいいけれど、聞けばそこそこ盛り上がる「地球滅亡の前夜になにを食べたい？」という問い。私は長いこと「バイキング」と答えていました。するとたいてい、「バイキングは料理じゃないよ！」と大笑いされて場が和む。まさに期待通りの展開です。私としてはウケ狙いでもなんでもなく、考えに考えた末の答えでした。

だって、地球滅亡の前夜ですよ。悪いことなどなにもしていないのに、死ぬ。これほどの理不尽がほかにあろうか？　いや、ない。その直前に、食べたいものをひとつに絞ることなど不可能でしょう。

そもそも、テンパってて正しい判断ができるわけがない。血迷って熱々のグラタンを口に放り込み、ひどいやけどを負いながら「こんなはずではなかった……」と、べろべろに剝《む》けた上顎を舌先で弄《もてあそ》びつつ地球とともに滅亡するの、悔しいじゃないですか。人生最後の失敗が、口の中のやけど。最高にしみったれている。

しかも、翌日には地球が滅亡すると決まっているので、「羹《あつもの》に懲りて膾《なます》を吹く」ことすらできない。挽回できぬ失敗を胸にこの世を去れというのか。だったら、味は多少落ちても、できるだけいろいろな料理を口に運び「さようならカツ丼」「ありがとうカレー」と涙ぐみながら人生を終わらせたい。いままで私は本気でそう考えておりました。

最近またそんな質問を受けまして、もうバイキングという歳でもなかろうと、新たな答えを模索したのです。いままでいちばん衝撃的なことが起こるからこそ、前夜はいつもと変わらず静かに過ごしたい。想像の上では、そういう大人の選択ができるようになりました。

大人ならではのラストミール、たとえば鶏と卵とネギの温かいお蕎麦などいかがでしょう。柚子の皮なんか載せちゃって、感謝の走馬灯をぐるぐる回しながら、しんみり蕎麦をたぐる。うむ、悪くない。シーンとした部屋で、出汁をすする音が聞こえてきそう。すぐにお腹が空きそうだから、加薬ごはんのおにぎりでもつけようかしら。加薬ご飯は油揚げが細切りになって入っているのが好きです。

でも本当はね、蕎麦ではなくうどんが食べたいの。ラーメンもパスタも食べたいの。しかし、私は軽いグルテンアレルギー持ち。最期だからと大好きな粉ものを思う存分搔《か》っ込み、異常な膨満感と頭痛に悩まされながら死にとうない。だから蕎麦も十割にして。

矢野顕子さんの名曲に「ラーメンたべたい」がありますが、アレルギー持ちの私には切実な（アーティスト本人が意図していないであろう）意味を持ちます。《男もつらいけど、女もつらいのよ。》わかる、アレルギーはつらい。

ふと、私は我に返ります。これは最後の晩餐《ばんさん》ではないか。どうせ死ぬのだから、膨満感や頭痛ぐらいどうでも良いとも言える。翌朝、頭イテーと言いながら地球がボカーンと爆発しても、好きなものが腹いっぱい食べられたなら、それで良いではないか。カロリーだって気にしない。チーズたっぷりのピザやパスタやパンケーキやクッキーや、小麦粉の塊であるグラタンコロッケバーガーをお腹いっぱい食べても、どうってことない。あたるのが怖くて避けていた生ガキも、じゃんじゃん食べてしまおう。

地球滅亡前夜、私はいままでいちばん自由になれる！

そう考えると、いま現在、私はなんのために生きているのかという疑問が頭をもたげてきます。多分、未来のためです。

明日、体調が悪くならないように。来週、体重が増えないように。週末のお肌に影響しないように。先の自分が健やかに生きるため、今日という日を連続的に費やしている。健やかに生きるって、自制心と切っても切れない関係にあるのでしょうね。言うなればゴールは健やかな死。そんなものあるのかしら？

自身を粗末に扱う生き方を自暴自棄と呼びますが、先を見越して好きなことを忌避《きひ》してばかりの人生もどうなのでしょう。それはそれで、ちょっとつまらない気もする。と同時に、後先考えぬ行動で、未来の私が取り返しのつかない後悔をするのも恐ろしい。私は未来の私に対して責任がありますから。

良い塩梅という意味での「いい加減」がわからぬまま、結局はバイキングを所望する気がしなくもない。食い意地の張った私は、地球滅亡の前に朝食をとる時間があるのかも知りたいところ。ほら、朝食は晩餐ではないから。

フワッと膝を開いていこう

あれは、いつものように千代田線に乗っていた時のこと。座席に座る女性たちを見て、ふと気づいたのです。ピタッと膝を閉じている女性がほとんどいないことに。車内をぐるっと見渡せば、あっちもこっちもそんな感じ。あら、昔とずいぶん変わったのね。若者だけでなく、私と同世代かそれ以上の女性の中にも膝ピタさんは見かけませんでした。私は思わず「そうよねぇ」と心の中でつぶやきます。

ミニスカートの女性がほとんどいなかったのも理由のひとつでしょう。ミニスカートでパンツ丸見えはちょっとエチケット違反ですから。

しかし、下着が見えるわけでもないズボンやロングスカートを穿《は》いている時は、ちょっとくらい膝が開いてたっていいじゃないか。むしろそれが自然な状態だ。これでいいんだ、これで。ようやく生きやすい世の中になってきたと、私はニンマリ微笑みました。

幼稚園児だった頃、私はどうしても膝と膝をくっつけて椅子に座ることができませんでした。当時の写真を見れば、どれもガバッと足を開いて写っています。

母親は頭を抱え何度も私に注意をしたけれど、できませんでした。楽しいと、なぜか膝が開いてしまうのですよ。だから、あの頃はズボンばかり穿かされていたのだな。

当時、〝ガバッとスタイル〟で座る私を見て、T君のお母さまは笑いながら言いました。「あら、これじゃあお嫁にいけないわね」と。子ども心に傷ついたのと同時に、なぜ膝をつけて座れないと嫁にいけないのかわからず、戸惑ったのを覚えています。

T君のお母さまの予言通り、私はいまだ嫁にいってません。いけてません。だいたい「嫁にいく」ってなに。モノじゃないんだから。

未婚のまま半世紀近く生きた甲斐あって、いまでは「嫁にいけない」と「膝が開いている」の間に横たわる、ドロッとしたものの正体がわかるようになりました。膝の開きは、貞操観念や旧態依然とした女性らしさの欠如の象徴。膝閉じが象徴する貞操観念とはつまり、お行儀のいい所有物たれということです。

膝を閉じていれば清楚《せいそ》に見える？　嫁にいける？　馬鹿馬鹿しい。おしとやかでなければ嫁げなかった時代は終わったのに、形骸化した概念だけが世間にこびりついている。女の二本の足の間についているものをどう扱うか、所有者ではなく社会が決める恐ろしい話。

一方で、ふんわり膝の開いた女たちが電車で散見されるようにもなってきたわけです。すべてはパキッとスイッチが入れ替わるように変化するのではなく、暗闇から太陽が昇る明け方のようにグラデーションで変わっていきます。膝の開いた女たちの出現は、女の自立が少しは進んだ証なのだと真顔で思います。

とは言え、だ。膝を開いていようが閉じていようが、「女」という属性を背負っているだけで、舐めてかかってくる人はいます。威圧感のある強い女になりたいわけではないけれど、なんでも言うことを聞く都合の良い女とは、絶対に思われたくない。

ひるみそうになったら、ハートの「バラクーダ」を聴いて心を奮い立たせてみてはいかがでしょう。大きなプレゼンの前などにもオススメです。

ハイトーンボイスなら任せろの姉アンと、イカしたギターなら任せろの妹ナンシーが中心メンバーのバンド、ハートはデビュー当初、所属レーベルから「姉妹で愛し合うレズビアン」だとほのめかすような広告を打たれたことがあります。

もちろん、デマ。実力ではなく性的にセンセーショナルなニュースで売ろうとしたわけですね。ひどい話だ。

それを知った二人が作ったのが、「バラクーダ」という曲。レーベルの狡猾な担当者たちを怪魚バラクーダにたとえ、力強く反旗を振りかざして歌っております。

電車の中でふんわり膝を開いている女性陣を見るたび、柔らかな空気とは裏腹に、私の頭の中にはこの曲が流れます。私たちは、二本の足の間に鋭い歯を持つ怪魚を飼っているんだぜ。

さて、椅子に座っていると膝が開いてくるのは貞操観念の欠如でもなんでもなく、内転筋の筋力不足というだけの話。それはそれで、現代人の抱える問題ではありますなにはなくとも筋トレだ。

いちばん人気はどれですか？

椅子があったらすぐ座る。アレとかコレとか指示代名詞でしか会話ができない。若手俳優が全員同じ顔に見える。などなど、世間にはさまざまな「オバさんしぐさ」がございます。あなたはいくつ体得していらっしゃるでしょうか。

さて、先日私が新たに体得したのは「いちばん人気はどれ？」です。こんなこと、数年前までは絶対に尋ねられませんでした。なぜか？　流行りに疎《うと》いと思われたくなかったから！　いつの間にか、そういうのがどうでも良くなってしまいました。

元来、私は相当な見栄っ張りです。知ったかぶりは得意中の得意だし、失敗して悪目立ちするのも大の苦手。その私がついに、「流行りの店に来てはみたものの、私にはよくわからない。しかし、どうせならいちばん流行っているものが欲しいからそれを《 》くれ」と、欲望をそのまま口にしてしまった。

素直でいいっちゃいいのだけれど、なんだろう、己の無知に対する逡巡《しゅんじゅん》がまるで消滅していたことに驚きました。人ってこういう風にも変わるのね……。

さらにまずいなと思ったのは、店員さんにタメ口で尋ねてしまったところ。若い人に気軽な口をききがちなのも、定番のオバさんしぐさと言えましょう。若者にとっては迷惑極まりない話ですね。知らない人ですもんね。本当に申し訳ございません。

「よくわからないまま、若者の流行りに乗るのはイタい」という羞恥心が芽生えるのが三十代初めだとすれば、厚かましくも再びそれに乗っかろうとするのが四十代ではないでしょうか。もちろん人によるけれど、私の周囲ではそういう傾向。そして、みんな嬉々としてそれをやっている。

自分が飛べるより二段ぐらい高い跳び箱に向かって、考えなしに笑顔で走り出せるのが我々なのです。コケて失敗しても、たいていのことは大丈夫だと体感として知っているからでもあります。これは幸せなことなのか、不幸なのか。

三十代前半の女たちからは、流行りを取り入れているのは自分より年下ばかりだと気づいた時が特にキツいと聞いたことがあります。いわゆる「浮く」ってヤツですね。

なるほど、自分が流行のど真ん中にいた頃に、イタい大人を見た記憶が強く残っているのかもしれません。

我々はと言えば、そういう記憶がもうどんどん薄れてしまいました。タピオカミルクティーの店なら、娘の引率みたいなツラをして並んでいればいいわけです。我々四十代以上の人間にとって、タピオカブームはもはや三度目ですしね。

勝手知ったるものと思っていたら、今度のタピオカは生ぬるかったり粒が大きかったりで別物だ。そういう驚きもおおらかに受け止められます。「ちょっとちょっと、これ私たちが食べてたのと全然違う！」なんて、同行者とゲラゲラ笑い合ったりして。周りが若者だらけだと、異文化の祭りに参加しているような高揚感さえ生まれてきて、ますます楽しい。浮いているのかもしれないけれど、まあいいじゃない。

さて、私がいちばん人気を尋ねたのはバナナジュースの店でした。仕事で訪れた街にテレビで観た人気店があったので行ってみたわけですが、この「テレビで観た」も私ではなく人の話。人づてに聞いたテレビの話を鵜呑みに足を運ぶなんて、最も格好悪いことだと思っていた時代もあったのに。

過度な見栄がなくなるのは素晴らしいことだけど、この調子でいくと、好奇心旺盛だけが取り柄の幼児みたいな老人になる日もそう遠くはなさそうです。

それはそれで、本人は楽しいのだから良しとしよう。他人にひどく迷惑をかけないことだけ頑張ろう。

なぜ私のパンツは外に干せないのか

梅雨は六月のイメージなれど、関東の梅雨明けはだいたい七月の半ば頃。なので、七月も梅雨と言えば梅雨です。

ザァザァ、しとしと、降ったり止んだり。そんなにバリエーションをつけなくても良くってよとなだめたくもなりますが、これはこれで必要なのだから仕方がないと、結局は自分で自分をなだめることになるのがこの季節。

深刻な問題は洗濯です。休日に晴れる保証はないので、梅雨の間は洗ったものを浴室乾燥でババッと乾かすのが常でした。ええ、あのマンションに引っ越すまでは。

二〇二〇年末まで住んでいたのは、両隣にそびえ立つタワマンの間にひっそりと佇む、古い古いマンションでした。一九八〇年代に建てられたことが、外観からも設備の不具合からもよくわかる、口が裂けてもヴィンテージとは言えぬ建物。

とは言え、悪いことばかりではありません。目の前には大きな公園があり、視界を遮るものがなにもなかった。朝はスコーンと気持ちの良い陽が入り、風通しも良かったのです。晴れた日には干したそばから洗濯物もパキッと乾きます。最高の贅沢《ぜいたく》です。

が、しかし。洗濯物ならなんでもかんでも外に干せるわけではないのがつらいところ。たとえばパンツ、キャミソール、そしてブラジャー。つまり下着の類。

その前に住んでいた部屋は二階だったので、防犯上の問題で下着を外に干すことはできませんでした。二つ前の部屋は、洗濯ものがベランダの囲いで完全に隠せたので問題なし。似非《えせ》ヴィンテージマンションの居室は十階。ベランダは両隣のタワマンからも良い具合に死角になっている。つまり、干せる。だのに、お洒落着洗い用洗剤でまとめて洗った大量のブラジャーを、ベランダに高々と掲げるのはやはり気が引けてしまうのです。なんだか、裸体のままベランダに突っ立っているような気分になってしまう。

ならば浴室乾燥をと思うのですが、以前の住居に設置されていたものと比べ格段に威力が弱く、ブラジャー十枚を乾かすのに一晩もかかってしまいます。

神よ、なぜ私は女なのだ。男のパンツはどこにでも干せるというのに、私のパンツはなぜ堂々と外に干せない。法で禁じられているわけでもないのに、なぜ後ろめたい思いをしなければならぬのだ。

英語でdirty laundry（汚れた洗濯物）と言えば「公表されると恥ずかしい可能性がある私事」を指します。ちょっと待って、私の洗濯物は洗ったばかり！　だのに、太陽のもとで風にそよぐその姿を拝むことが許されないのは、公表されると恥ずかしい私事のような気がしてしまうのは、つまり、自分で自分にＯＫを出せないのは、私が女だからだなんて。男に生まれたら良かったと思うことなどほとんどありませんが、この時ばかりはそう思ってしまいました。男だったら、一階にも住めるしね。

ならばせめて早朝の朝日を狙おうと、夜に洗濯をしてベランダにブラジャーを干していたあの頃。死んだ母親が知ったら嘆くこと請け合いです。下着か否かにかかわらず、日が落ちた途端、鬼が来るぐらいの勢いで洗濯物を取り込む人でしたから。しかし背に腹は代えられないのだ、鬼籍に入った母よ。すまん。

早起きしてベランダを見やると、やはり朝日に燦然《さんぜん》と輝くブラジャーはdirty laundry以外のなにものでもなく、どうして私はこんなことさえ堂々とできないのだと己のチキンっぷりに恨み節だったなあ。

下着の外干しに恥じらいを持つのは、社会が私に押しつけた価値観のせいなの？　それとも、私が私を大切にしたいと尊重する気持ちからなの？　なんで下着を干す場所ひとつで、なんちゃって社会学みたいなことを考えねばならないの。それは、私がめんどくさい人だからだよ。しかし、このめんどくささが私を私たらしめているのだよ。朝日を浴びながらの自問自答。もぎ取るように急いで取り込んだブラジャー軍団は、思った以上に生乾きのままでした。がっくし。

なーんてことを、新たに引っ越した先の居室に備えつけられた乾燥機つきドラム式洗濯機をぐるんぐるん回しながら思う日曜の午後。外は雨。でもいいの、一気に乾燥までやってしまうから。

東京生まれの東京育ち、ここが五か所目の新居です。そのうち二か所は男と住んでいたけれど、いろいろあってこの歳から真のひとり暮らしをやり直し。またかよ！

耐荷重は一〇〇キロまで

久しぶりにシングルに戻りました。まずは部屋探しです。

当分は、家族向けの物件には住みたくありません。家事や団らんといった、複数の人間が明るく健康的に暮らすための有機的な場所から、やや距離を置きたい気持ちがあります。

しばらくしょんぼりし続けることもできますが、今回の件に関しては、めちゃめちゃ悩んでめちゃめちゃ泣いて、自分で決めたこと。だったら、守りに入っては私らしくないと思いました。

こういう時こそ、派手にかぶいていこうじゃないか。最終的にはお互い納得の上でこうなったんだから、加害者ヅラも被害者ヅラもしたくありません。

そう息巻いてから数週間後、目の前にドーンと東京タワーがそびえ立つ、非日常的な１ＬＤＫの賃貸物件を見つけました。

リビング、なんと十五畳！　なるほど、生活感がまるでない。収納も、ない。収納がないからリビングがこんなに広く取れるのか。収納を置いたらあっという間に狭くなるではないか。なんという都会トリック！

洗濯機は備えつけで、ちょっとずつしか洗えません。ファミリーが尻尾を巻いて逃げる仕様です。つまり、中年女のひとり暮らしにはぴったりだ。

しかし、収納不足はやや困る。私はとかく荷物が多いのです。かと言って、棚や引き出しを置きまくったら、憧れの非日常性があっという間に消え失せる。

都会のど真ん中にある非日常的なシングル向け物件は、往々にして収納が少ないのが最大の難点です。しかし、生活感と目に見える収納の数は、比例すると言っても過言ではありません。なんとかリビングに収納棚を置かずに済む方法はないものか。

私は策を講じ、女友達に相談しました。

「寝室にロフトベッドを買って、下の空間を荷物置き場にするのはどう？」

頼りがいのある面々が、次々に口を挟みます。

耐荷重は一〇〇キロまで

「危なくない？　夜中にトイレに行こうとして、梯子《はしご》を踏み外して骨折なんてことにならないかしら……」

「上るのがめんどくさくなって、ソファで寝ることになりそう」

「夏は暑いわよ。熱気は上にあがるから」

さすが、亀の甲より年の功。ひとつ言われたら十は返すのが、寝起きに骨折の心配が伴う我々世代です。

私は意に介さず続けました。

「しかし、ひとつ気になることがあります。どのロフトベッドも、耐荷重が一〇〇キロまでしかありません」

ここで全員大爆笑。そのポイントを気にするということは、次の恋をする気満々だってこと、みんなにバレバレでした。二人で寝たら、どうしたって一〇〇キロは超えてしまうものね。

五十歳近くにもなって、狭小部屋に住む若者御用達のロフトベッドの購入を検討することになるなんて、三十代には想像もしていなかったこと。

ましてや、ここにきて新しい誰かと寝る夜を考慮に入れて寝床を選ぶ気力が残っていたなんて、もっともっと予想外。おい、私は元気だな。

「でも、自分で梯子を上ったなら合意ってことになるわよね」

おお、ご時世。女友達が鋭い指摘をしたように、我々は加害者にもなりうるお年頃なわけで。ロフトベッド、よくできてる。

メビウスの輪をぐるぐると回るばかりの私たちだけれど、前回よりは少しだけ賢くなっているはず。コロナ禍で新しい出会いを見つけるのは至難の業ながら、気長に次を探そうと思います。

ジャストサイズを更新せよ

ブラトップがひとつダメになってしまったので、しまむらへ行きました。欲しい色は黒。しかし、私のサイズは欠品中。仕方ない、いつもよりひとつ大きめのを買うか。

次はパンツ（アンダーウェア）をチェック。私はおへそが隠れるタイプのパンツを好みますが、尻が大きいせいで下に引っ張られるのか、いつのまにかおへそが出てしまうことが多いのが玉にキズ。でも、「まあ、こんなもんか」と思っていたのです、この日までは。

しまむらには3Lや4Lなど、大きなサイズのデカパンが格安で置いてありました。上には上がいることを知って気が大きくなったのか、パンツもいつもよりひとつ大きいサイズを買いました。笑ってしまうくらい大きい、絶対に絶対におへそが隠れるであろうパンツを。

翌朝、いつもよりひとつ大きめサイズのそれらを着用し、上から洋服を着ました。そして、驚いた。尻の形も胸の形も、いつもよりずっと良いのです。ブラトップは胸が横に潰れてしまうことが多かったのに、今日は胸の丸みがきちんと保たれている。ブラトップが悪いのではなくて、サイズが合ってなかったのね。

かと思えば、別の日にプロのシューフィッターに見てもらったら、ハイヒールのジャストサイズが、いつも買っているサイズより一・五センチも小さいことがわかりました。どうりでカパカパ脱げるはずです。ヒールが苦手なのかと思っていたけれど、これもサイズが間違っていたのね！

本当の心地よさがひとつ上や下のサイズにあったなんて、考えたこともなかった。思わぬところで、「私にはこれ」という固定観念に囚われていたのだな。あ、でもそれを決めたのはいつのことだっけ？

毎日は、選択の連続。しかし、選択の基準は意外と更新されていません。中年になると小さな選択が脳に多大な負荷をかけてくるので、ものさしを見直すのがなかなか難しいことになってくる。

しかしながら、ここはひと踏んばりして、決めつけ感情を一旦脇に置いてみるのが良さそう。深く考えずにひとつ上やひとつ下を試してみるのは、新たなジャストフィットを見つけるのに有効だと確信しました。

定番のあれこれに不具合を感じながら「こんなものだろう」と思っているならむしろ吉日、新しい定番を見つけるためのトライアル＆エラーを始めるタイミングと言えます。自分の「ちょうどいい」を新たに見つけて認めるのは、自己受容の更新でもありますし。

問題は、「新たなジャストサイズ」を探し当てるのにも、それなりの負荷がかかるってこと。今度は「脳」にではなく「心」にですが。選択の失敗で死に至ることはないけれど、前髪を切り過ぎたとか、いつもと違う柄物のワンピースを買って着てみたらやっぱり変だったとか、そういう積み重ねで布団から出られなくなるぐらいのダメージを受けることはままありますもの。回避策はなく、尻込みせずに、試してみるしか方法はないのだけれど。

たとえばランチ、住んでいる街、洋服やコスメ。「私にはこの辺が妥当」と半ば思考停止でジャッジしていることを、めんどうくさがらず変えてみる。すると、八方塞がりなモヤモヤが晴れ、自己肯定感が高まることもあるやもしれず。

本当の居心地の良さを見栄や卑下で放棄するのは、もったいないことです。「違うな」と思ったら、元に戻せばいいだけの話ですし。

下着だけでなく、さまざまな自分のジャストフィットは常に変化していくもの。それをしまむらで学んだのはデカい。

そう言えば、去年と今年はピンク色のセーターを買ったっけ。こんなこと、十年前ならあり得なかったはず。十年前にもすでにピンクとは和解していたけれど、さすがにセーターなんて恥ずかしくて着られませんでした。それが、いまはなぜか顔にも気持ちにもしっくりくるのだから、不思議なものです。

頻繁に使うようになったハンドソープは、思い切って海外ブランドのイソップやジョー マローンなどを使うようになってから、なんだか楽しい気分。目が飛び出るくらいお高いけれど、ここだけは贅沢をする価値があると、いまの私が判断しました。旅行にも出かけられないんだから、いいじゃない。

最期には、誰かが棺桶のジャストサイズを見極めてくれるでしょう。それまでは更新を繰り返すしかないのですな。

「疲れてる？」って聞かないで

二十代の頃は、聞こえが楽しそうなイベント、たとえば友達の友達（つまり知らない人）の家で催されるホームパーティーや、新しいクラブのオープン、レストランで珍しい料理を食べる機会があると、少し無理をしてでも出かけていました。いや、かなり無理をしてでも行っていた。出向いた先で期待していたほどは楽しめなかったとしても（たいてい楽しめないんだけど）、誘いがあれば、懲りずにまた足を運んでいたような。

「その場でしか味わえない楽しみを、自分だけが逃すのはイヤ」という強迫観念に駆られていたのでしょう。約束されてもいない楽しい時間を逃すのがなにより怖かったなんて、私は自分に自信がなかったのだなあ。

残念なことに、いまではほとんどのイベントに足を運ぶ気力が失せました。あの頃と異なり、いまは行けばそこそこ楽しめるとわかっているお誘いばかり。だのに、尻の重さが倍増し、体が動きません。あと、もう無理できない。

数時間後の楽しさより、いまこの瞬間のめんどくささが勝つのが四十代。好奇心とはこうやって枯渇していくのかと、半ばあきらめの気持ちでした。

つい先日、仕事先でのこと。「お疲れのようですが、大丈夫ですか？」と心配そうに声をかけられました。疲れていたのは、朝まで海外ドラマを見続けていたせい。「いやーこれが面白いのなんのって……」と相手の不安を取り除く意味も込めておちゃらけ話をしたものの、ホッとした相手の笑顔とは裏腹に、私の心の中にドス黒いシミが広がってまいりました。そうか、私はそんなに疲れて見えるのか。

二十代だったら、疲れて見えることにはなんの怯えもなかったと思います。むしろ、ちょっと自慢気になっていたかも。徹夜で見続けるほど面白い海外ドラマがあるんだよ〜と、あなたの知らないであろう楽しいことを知ってる自分を、得意げに見せびらかしてさえしていたかも。あの頃は、「私は楽しい時間を過ごしました」の表明が、私を幸せにしたから。楽しいことから見放された人に見られるのがなにより怖かったから。

いまだって、楽しい出来事は楽しいのです。しかし、楽しさを他人に喧伝《けんでん》することは、二十代の頃より私を幸せにしなくなりました。楽しいことは、自分で楽しんでいれば十分なのだよ。

二十代の私は、他人から「楽しそう」に見られたかった。四十代の私は、「いつでも元気」に見られたい。私に限ったことかもしれませんが、年齢によって他人からどう見られたいかは変化するものなのでしょう。

四十代と二十代の違いで言えば、いまは特に、生活に苦労しているように見られたくないという思いがあります。突き詰めれば、どちらも「十分に人生を楽しめていなそう」に見えるのが嫌ということか。

それじゃあ三十代は？　思いを巡らせ、最も知りたくなかった答えにゴツンとおでこをぶつけました。そうそう、三十代の私は「幸せそう」に見られたかったんだった。あの頃の私は、幸薄そうに見えるのをなにより恐れていたんだった。

三十代の私が「幸せそう」に見られるために絶対必要だと考えていたのが、結婚でした。結婚すればすべてがオーライ、みんなから幸せ認定され、自動的に人生のゴールにたどり着くとさえ思っていました。問題は、人からどう見えるかではなく、自分がどう感じているかなのに。

振り返れば、あの頃は誰かの妻になる覚悟なんて、まるでなかったとも思います。いまだって、あるかないかで言えば、ない。年々なくなっていると言えましょう。

でもね、結婚しないとは決めていないんです。するかもしれないし、しないかもしれない。とかなんとか言いながら涅槃《ねはん》に旅立つことになる予感はビンビン感じておりますけれども、愛に疲れたわけではないのです。

ていねいな暮らしオブセッション2021

ツイッターに「きょうの140字ごはん」という人気アカウントがありました。パパッと作れそうなのに見目麗しい、手料理の写真と140字のレシピ。分量や手順の詳しい説明はなく、料理経験者ならすぐ理解できるものが主です。

アカウントの主は共働き世帯の妻で、お子さんもいらっしゃる様子。レシピは「ねぎの梅酢浸し」とか、「人参と白味噌のオムレツ」とか、あと一品食卓にこれが載っていたら幸せな気持ちになるだろうと思わせる一皿ばかり。

まともなダイニングテーブルさえない家で、ていねいな暮らしオブセッション――贅沢とは異なるひと手間で豊かさを実感するきちんとした生活がいつまで経ってもできないことを思い悩む病――に罹患した私は、色調を抑えた洒落た写真を見ながら

「きちんと暮らしていらっしゃるなぁ……」と感嘆するばかりなのでありました。

先日、これらのレシピが一冊の本になったと知り、早速購入いたしました。ページをめくると、そこには実践に裏打ちされた理論と、工夫に満ちた一皿の数々。

そこに力強い文章がありました。一部、引用させていただきます。

《空腹を満たす素敵な食べ物なら街じゅうにある。私は弱いから、ラクなほうに流されてしまうかもしれない。でも、作ることと食べることを誰かの手に委ねてしまったら、取り返しのつかないことになる。だから踏みとどまって、自分を奮い立たせ包丁をもち火に向かってきました。それはたとえば二日酔いの朝でも味噌汁だけはちゃんと作ることだったり、前晩の残りを器に盛りつけ直して食卓を整えることだったり。腰を上げる前は正直しんどいけれど、食べ終わる頃には充足感に包まれる。だから料理を続けられるのだと思います。》

(『レシピとよぶほどのものでもない わたしのごちそう365』寿木けい セブン&アイ出版/現在は改訂されて河出文庫より刊行)

寿木さんの暮らしの哲学に、深くうなずく読者の顔が目に浮かぶよう。

反面、私にはまるでピンとこないのです。ど、どうしよう。特に、《作ることと食べることを誰かの手に委ねてしまったら、取り返しのつかないことになる。》の一文が。調理は誰かの手に委ねたほうがラクだもの。私は食べる専門でいきたいよ。ならば、私はなにを手放したら、取り返しのつかないことになると思うのだろう。《私は弱いから、ラクなほうに流されてしまうかもしれない。でも、働くことと稼ぐことを誰かの手に委ねてしまったら、取り返しのつかないことになる。だから踏みとどまって、自分を奮い立たせ鞄をもち仕事場に向かってきました。》

驚くほどしっくりきます。寿木さんにとっての「作ることと食べること」は、私にとっての「働くことと稼ぐこと」。そこを変えただけで、言葉が矢のように胸に突き刺さってきました。

どんなに疲れても踏みとどまり、己を奮い立たせ、手間を惜しまず手がけた仕事に、私はこの上ない充足を感じます。だから、続けてこられたのです。

誰かにとっての、「取り返しのつかなくなること」は、非常にパーソナルな領域に宿るのでしょう。手放したらマズイと感じるものこそが、その人をその人たらしめているのだな。

私にも、たいして美味くもない手料理を男に振る舞っていた時代がありました。男の作った料理をモリモリ食べていた時代もありました。しかし、いまでは自分で自分に肉野菜炒めを作るのみ。三品は作れるであろう材料を全部同じフライパンで一度に炒めてしまうのが、私の長所であり短所でもあります。

いつの日かまた、調理を担当してくれる人が現れるかもしれません。そうしたら私は、簡単にキッチンを明け渡すでしょう。料理も仕事もバランス良くできたほうが、いいに決まっているんだけどね。

私にはやらなきゃならねぇ仕事があるんだぜって気持ちで二十二歳から働いてきましたが、四十代も半ばを過ぎてから、「これでいいのか？」と、胸に問う日が少しずつ増えてきました。

家のことをおざなりにしていると、ひとり暮らしでも家に居場所がなくなるという発見。部屋が汚いって話ではないですよ。所在がないの。在宅時間が増えた、いまだからこそ気づけたことです。

英国の紅茶で尻を拭いても生活に彩りが加えられることはない

ネット通販でトイレットペーパーを買うのが好きです。家まで運ぶのがめんどうだからではありません。店頭よりネット通販のほうが、種類が豊富だからです。

ドラッグストアならシングルかダブルか、無地か模様つきか、香りつきか否かくらいしか選びようがありませんが、ネット通販はご存じの通り大海だ。ネピア、スコッティ、エリエール、クリネックスといったお高めの品はもちろん、3倍巻きならぬ5倍巻き、ダブルならぬトリプル、バラならぬ白檀の香りつきなんてのもある。

キャラクタープリントも、銀魂、貞子、おそ松さんとバリエーション豊富です。一度だけ、大好きなミッフィーがプリントされたものを買ったことがありますが、よく考えたらなぜミッフィーで汚れた尻を拭わねばならぬのかと悲しくなり、以来ミッフィーと尻の付き合いは消滅。

「英国の紅茶タイム」というトイレットペーパーを見つけたこともあります。「は?」と思いながらもポチりました。届いた封を開け、淡いブルーのロールを手に目を閉じゆっくり息を吸い込んでみる。なるほど、なんとなく紅茶の香りがしないでもない。パッケージに印刷された惹句《じゃっく》曰く、カモミールフレーバーティーの香りだそう。ちょっと、それ紅茶じゃないじゃん。こんな暴挙、イギリス人が知ったら眉をひそめるに違いない。

後日、私は懲りずに姉妹商品の「南国の紅茶タイム」も注文しました。英国の対照が南国ってのも雑だな、と思いながら。こちらはピンク色で、トロピカルフルーツティーの香り。そう言われれば、そんな気もしないでもない。言われなきゃわからないレベルだけれど。

こちらの二商品、特別に紙質が良いわけでもないのです。値段が安いわけでもない。香りだって、まあ普通。でも私は二度三度と買ってしまった。なぜか? 多分、「英国」とか「南国」とか「紅茶」などのワードに表象される、やっすいライフスタイル・ブランディングに惹かれているからでしょう。

恐ろしい話だよ。食を彩る役割を担うモノたちをトイレットに持ち込まれても、私は違和感を持たないセンスの持ち主だってことだもの。用を足したあと尻とあそこを拭く紙に、ハーブティーを嗜むメンタリティをかぶせられても平気なんだもの。

ちょっと待って。落ちついてイチから考えてみましょう。そもそも、「ハーブティーを嗜むメンタリティ」ってなんだ。私に限って言えば、ハーブティーを飲む行為自体「美味しい」と感じているからでも、効果がはっきり感じられるからでもありません。飲むと、生活がフワッと華やぐような気がするから飲んでいる。まさに、メンタリティ。

ハーブティーの効果効能は健康促進ではなく、フワッと華やぐ生活の演出。だから、尻に持ち込まれても私は気にならないのだろうな。口でも尻でも嗜める……。ちょっと下品になってきましたが、ある種の虚栄心であることに間違いはありません。

人は私を愚か者と呼ぶでしょう。放っておいていただいて結構です。このままちょっとだけ夢を見させて欲しいのです。ハーブティーを嗜んでも、英国の紅茶で尻を拭いても、私の生活に彩りが加えられることはないことくらい本当はわかっているのだから。

最近は、丸富製紙の「Hanataba」がお気に入りのトイレットペーパー。店頭でもネットでも、見つけたらこれにしています。覚えていらっしゃいますか？　コロナ禍のデマで、トイレットペーパーが一時品薄となったことを。「すわ、買い占めせねばならぬか」と阿鼻叫喚する市民を落ち着かせるため、イオンがドーンと巨大なトイレットペーパー売り場を作ったことを。その際、何百とうず高く積まれていたのが、丸富製紙の「Hanataba」でした。

当時、どちらかと言えば滞っていたのは生産より物流だったそうで、イオンはトラックの手配までしたそうな。大手ならではのイオンの心意気も凄まじいけれど、それに応えた丸富製紙の在庫も素晴らしい。

以来、私にとって「Hanataba」のパッケージは、安心の象徴になっています。丸富製紙はイングリッシュ・ラベンダーの香りつきトイレットペーパーも出してるんですよ。ただのラベンダーではなく、イングリッシュ・ラベンダー。

あら嫌だ、私の虚栄心がまたくすぐられる。それにしても、なぜ私は英国のなにかで尻ぬぐいをしたくなるのでしょうか。

「四十代になれば仕事も落ち着く」は幻想です

大事なことなんで何度でも言いますけれど、「四十代になれば仕事も落ち着く」なんてのは幻想です。がむしゃらに働いている三十代よ、四十代はもっと忙しいのよ。

さて、私はいまだに紙のスケジュール帳を使っています。これだけデジタル化された世の中で、Googleカレンダーですべてが事足りるというのに、自分の予定をペンで紙に書き入れないと気が済まない。

ここ十年、愛用するのは一か月の予定が一度に見れるマンスリータイプのみ。卓上カレンダーにもなるB6サイズを気に入って使っていましたが、だんだんと小さなマスに予定（ほとんどが締め切りなど楽しくないもの）が書ききれなくなり、新しく馴染むものを探す旅に出たのが二〇一五年末のこと。

いい歳をした大人ですから、手帳も良いものを使いたい。使いこなせるようになりたい。しかし、マンスリータイプは選択肢が非常に乏しい。B6以上となると、ネットで探しても両手に余るほどしかありません。

無印良品、ロルバーン、モレスキン、ロイヒトトゥルム、毎年毎年、さまざまな手帳を試した結果、コクヨCampusのA5ダイアリーノートに落ち着きました。幸せの青い鳥は身近にいるって言うけど、この歳にしてまさかのコクヨ。剝き出しのままだと中学生みたいなので、布地カバーをつけました。

日記の代わりに、過去のスケジュール帳はすべて取ってあります。いま見返すと、どの年も年始はペンの色にもこだわり、ていねいな字が規則正しく並んでいる。済んだ用事にはスタンプまで押してあります。

それがどうしたことか、夏以降のページには、慌てて書いたひらがなや、間違いをぐちゃぐちゃとペンで消した跡など慌ただしさが目立つようになるのです。どうしたことかもなにも、これが私の本性なんですけどね。

それにしても、四十代に入ってからは借金の利息だけ返済して元本がまったく減らないような働き方を何年も続けております。

仕事があるのはありがたいけれど、加齢と比例して体力は落ちていくのですから、忙しくなれば負荷はそれ以上に増えていく。過去のスケジュール帳のページをめくるたびにため息が漏れてしまうのは、日常の小さな記憶がまるでないから。私はなにに喜び、悲しみ、笑ったんだっけ。

フゥ〜と再びため息を吐いたところにハラリと落ちてきたのは、二〇一六年に初詣をした明治神宮のおみくじ。

明治神宮のそれは大吉や凶ではなく、その年一年をどう過ごすかのアドバイスが書いてあります。曰く「どんなに忙しい時でも、心はいつも平静に豊かに心がけること」。

そうだ、このおみくじを見て、今年は手帳ぐらいはていねいに書こうと決めたんだった。そして、二〇一七年の目標を「継続力を養う」に決めたんだった。

それでも記憶が残らないのにがっくりきて、二〇一八年は観た映画や読んだ本をタイトルだけ書きとめることに。なかなか良い具合だったので二〇一九年もそれを続けて……。二〇二〇年のスケジュール帳をそっと開く私。惜しい！　続いていたのは五月まで。

六月からアホみたいに忙しかったものねえ。これは仕方がないこと。育てる子どもがいる人の忙しさ、介護する親がいる人の忙しさ、持病ケアの忙しさ、それぞれにそれぞれの忙しさがあるのが中年なのです。

予想外のことばかりが起こるのが人生なのだと、いい加減私も腹を括《くく》らねばならない。スケジュール帳の見開きページは済んだ仕事の横についたチェックマークで埋め尽くされています。以前なら、これが充足感に繋がったことでしょう。でもいまは……。

ていねいに暮らせなくてもいいから、ちゃんとしたい。やることに追われることなく、ごちゃごちゃしない毎日を切望しています。

どこかに不労収入の種でも落ちてないかしらとメールを開いたら、「不労所得TV」というスパムメールが届いていました。「仕事や家事をしている間も、ぐっすり眠っている間も、あなたのかわりにほぼ二十四時間、勝手に働いてくれる！　五万円、十万円、十五万円と次々に利益を生み出し続けて、気づいた時には三〇〇〇万円が手元に!?」ですって。

みんな考えることは同じだな。つまり、真面目に働くしか手はないってこと。

ダメ男と女の友情の相関関係

ネットフリックスやアマゾンプライムなどの配信で私が観るのは、たいてい女の友情もの。基本的には深刻なストーリーは避け、ひと笑いひと泣きできるライトな作品を選びます。仕事から疲れて帰ってきて、再びドヨーンとなるのはごめんですから。

先日は、女四人の友情を描いた映画を楽しみました。いまは亡きホイットニー・ヒューストン主演の『ため息つかせて』です。映画タイトルにもなっている同名バラード曲は、いま聴いてもグッとくる名曲。ホイットニー、もうこの世にいないなんて信じられない。

登場する女たちは、シングル、バツイチ、不倫再燃、夫が浮気中。見事なまでにそれぞれが恋愛問題を抱えています。嫌なことがあると集まって、おしゃべりで憂さを晴らす。風の噂で仲間の誰かがひどい目に遭ったと聞けば、すぐに電話して駆けつける。まるでちょっと前までの私と女友達のよう。いまはZOOMで同じことやってますけども。

さて、『SATC』を始めとする女の友情モノにほぼ共通する鉄板登場人物と言えば、ダメ男です。

映画の中のダメ男たちは、詐欺師や浮気性ばかりではありません。どこにでもいそうな男性で、しかし、思いやりのない行動で女性を傷つけたりがっかりさせたりするのに大変長けていらっしゃる。

あっちにはあっちの主張があるのだろうけれど、「それにしても……ひどい」と、ため息が漏れるようなことがドラマや映画では頻発します。

苦難に見舞われると、愛に悩む女たちは互いを励まし、時には叱咤して肩を抱き合う。なにか事件が起きるたび「もう恋愛は懲《こ》り懲《ご》り、信頼できるのは女友達だけ！」と親睦を深めていくわけです。ダメ男がいないと友情が深まらないのではないかと思うほど、映画やドラマのダメ男は女の友情に都合よく機能します。

そんな映画を何本か観ていたら、気づいてしまったのですよ。現実社会でも「女友達最高！」と叫ぶ異性愛者の我々は、男の問題を抱えがちなことに。ガーン。

もちろん、女友達は仕事や家族の悩みも癒してくれます。しかし、我々の結束がより固くなるのは、圧倒的に男問題が勃発した時。

映画やドラマと同じく、現実の我々も不思議なくらい似通ったトラブルに見舞われます。たとえば「なんでわかってくれないの？」問題とか。

そういうことが起きるたび「わかる！　わかる！」と沸き立ち、共通の仮想敵ができたような気分になってしまう。よく考えたら不健康だね、これは。依存先を変えているだけのような気がしてきました。

「女友達はいるけど、そこまで依存はしないなぁ」とおっしゃる女性に出会うと、自立心があって素晴らしいなと思います。私は女友達がいなくなったら生きていけない自信がある。

私の周囲に限って言えば、女友達に依存しない方たちは早くに結婚して幸せな生活を送っている傾向にあります。つまり、人生においてダメ男に捕まった経験がない。

では、私と愉快な女友達は常にダメ男ばかりを掴んでいるのでしょうか。いいえ、そうとも言えません。こちらが相手に求めすぎ、期待し過ぎという可能性が残っています。つまり、ほかの女と付き合ったら、あいつは「ダメ男」ではないのかもしれない。

そう言えば、元彼のほとんどは結婚したな。もしかして、私がダメ女なのでは？　ホイットニーもダメ男のボビー・ブラウンと結婚してから運気が下がったように言われておりましたが、死後に制作されたドキュメンタリーを観る限り、そうとも言えない側面もありました。ボビーはそのあと結婚して幸せにやっているようですし。

いやいや、こんな暗いことを考えるのはやめましょう。恋に落ち、恋に破れ、そのたびに友情を深めていくマッチポンプ。上等ではないですか。映画になるくらいだから、世界中にそういう女たちがいるのだろう。そう思うと、心強くもあります。

次カノと元々カノと私

知人の結婚式、二次会。遅れて会場に着くと、ちょうどお祝いビデオコメント集が流れているところでした。

スクリーンには、新郎新婦の恩師や遠方に住む友であろう人たちが映っています。私が知ってる人は誰も出てきません。ほとんどの人にとってもそうなのでしょう、観ている人はほとんどいませんでした。

会場はガヤガヤと賑わっており、ビデオの音声もよく聞き取れない。とりあえず飲み物を取りに行き、そのままぼんやりと眺めていたら、ずいぶんと昔に付き合っていた男の妻がドカンと画面に現れました。やっと知ってる顔が出てきたと思ったら、あなたですか。

彼女が新郎の友人であることは知っていました。けれど、彼女の現在の夫であり私の昔の恋人でもある男と二人揃って海外に引っ越したので、この会に彼女は参加しないと高を括っていたのに。

一生会わないはずが、こんな形で私だけが会っちゃうとはね。いや、これを「会った」というのは感傷的過ぎるかしら。

振られた当時を思い返すに、あの男のことを忘れるより、会ったこともないこの女を忘れることのほうが、私にはずっと難しいことでした。失恋の痛みは放っておけばやがて霧散するけれど、彼女のことはそうではなかった。

共通の知人がいるくらいの距離の女性です。前の男と私の間になにが起こったか、なにも知らない人から突然、横っ面を叩かれるように彼女の近況をアップデートされることが何度もありました。

そのたびに「私は愛される価値のない女」と思わずにはいられなかった。愛される価値がないことを、何度も焼き鏝《ごて》のように私の肌に押しつけてくるのが、彼女の存在でした。

失恋グラウンドゼロから立ち上がるのは、簡単なことではなかったのよ。と同時に、脳裏をかすめる彼女の顔が重量挙げ選手にとってのアンモニアのように私を奮起させ、尻込みしてしまうような困難に何度も立ち向かえたことも事実。お礼を言う気にはなれませんが、まぁ私は頑張ったよ。ほんとにほんとに、よくやった。

あれから結構な時間が経過して、私もそれなりに自分を立て直し、気づけばアンモニアはすっかり揮発してしまった。スクリーンに映る彼女の大きな笑顔を見ても、胸が押しつぶされるような感情はどこからも湧いてこないのです。嫌な事故だったな、と苦笑いするのみ。ちょっとさみしくもあるけれど、これが正しい感情なのでしょう。

事実は小説より奇なりと言いますが、この日は本当にそうでした。

「お久しぶりです」と呼ばれた声に振り返ると、そこにはこの男が私の前に付き合っていた女が立っていました。スクリーンに映る次カノ（妻）を背に向かい合う、元々カノと私。そして当事者である男の不在。なんなんだ、これは。

男と付き合っていた当時、私はこの女性にもずいぶん嫉妬していたなあ。私の持っていないものを、すべて持っているように思えたから。姿かたちも趣味もなにもかも、私より、ずっとあの男とお似合いだと思っていたから。

そう思い込んでいたのは、私の自尊心が著しく低かったからに違いない。男と別れてしばらくたったあと、私はずっとそう信じていました。けれど、久しぶりに元々カノと会って思ったのは……。やっぱり、あの男にはこの人だったんじゃなかろうかってこと。

余計なお世話だけれど、ぴったりハーモナイズするのは現在の妻でも私でもなく、彼女だった気がして仕方がないのです。

まるで二人は一緒に歳を重ねてきたように、醸す空気が同じ。「あれからもずっと、彼とは一緒にいました」と言われたら信じてしまうくらい。毎朝同じ紅茶を飲んで、毎晩同じベッドで眠っているみたいに。

あなたと彼が別れなければ、彼と私が付き合うことも、スクリーンに映る女に嫌な思いをさせられることもなかったのに。

「人生って不思議ですね」

小さなおしゃべりのあと、元々カノは私に言いました。本当にそう。私たち三人の最小公倍数が今日だったということも、正しい自尊心を取り戻した私が、改めてあなたと彼がぴったりお似合いだなんて思うことも、まったく想像もしていなかったもの。

巻かれていこう、長いものに

ポケモンＧＯブーム、覚えていますか？　続けている人、まだいらっしゃるんです。継続力があるというか、律儀というか、こういうのは人柄が出ますね。私は半年と経たずにアプリを削除してしまいましたが、やるにはやったんですよ。

爆発的な流行には共通して、明るいニュースが出たあと否定的なニュースが徐々に増える傾向があります。ポケモンＧＯもそうでした。

ポジティブ・ニュースの最たるものは、「ひきこもりが外出するようになった」とか「老人が外を出歩くようになり足腰が鍛えられた」というもの。

そのあと溢れたネガティブ・ニュースは、「公園に人が集まり過ぎて近隣住民が迷惑している」とか「歩きスマホや運転中のゲーム使用の危険性」など。実際に痛ましい大きな事故もありました。

これらは間違いなく問題だったけれど、解決策の模索よりも、流行りに乗った輩を揶揄《やゆ》する道具としてネガティブ・ニュースを取り扱う人々のほうが私には目につきました。「ゲームになんか夢中になっているから、人に迷惑をかけるんだ」というアレ。流行に眉を顰《ひそ》めたくなる気持ちはわからんでもないけれど、やったこともないのにいろいろ言うのも、どうかと思う。

試しもせずに「流行りものに乗るのはバカ」と逆張りすることこそが、最も格好悪いことだと思います。まさに二十代の私です。数々の流行に対し、斜に構えて無駄な抵抗を繰り返したあの頃よ。好き嫌いを超えた空虚な優越感は、結果的に私の目を曇らせただけでした。

だから、ポケモンGOは日本リリースと同時に始めたわけ。コイキングだって頑張って一〇〇匹集めたんだ。どこで？　上野の不忍池で！

二〇一六年八月頭、平日の夜九時。私は仕事仲間とともに不忍池を訪れました。ここはコイキングだけでなくさまざまなポケモンが大量に出現する場所とやらで、連日大勢の人が集まっていると聞きつけたから。

とはいえ平日の夜。それほどでは……と高を括《くく》った私は甘かった。いまでもありありと目に浮かんでくる、夜の不忍池にうごめく人々の姿。夜は特に人通りの少ない場所なのに、目測でも五〇〇人以上が集まっていました。屋外とは言え、いま見たら「密」中の密！

あの頃は、こんなことが起こるなんて誰も想像していなかったもの。老いも若きも池の周りにゾーロゾロ。上は六十代と思しきご夫婦から、下は十代後半まで。真っ暗闇の中、ほぼ全員がノーマスクでスマホの明かりに青白く顔を照らされていた時代が確かにあったのです。ゆっくり歩いたり立ち止まったりで、まさにゾンビ軍団のようでした。ポケモンGOをやらずに不忍池に来ていたら、私は彼らを指さし笑ったかもしれない。

しかし、当時は私も立派なゾンビ軍の一員でした。そこにいるほとんどがゾンビだから、通行人の邪魔になる後ろめたさは皆無。つまり、居心地は最高。

長いものに巻かれるのって、こんなに気分のいいことだったのか。私のスマホのGPSだけ感度が悪く、同行者たちが「わー！　ピッピが出てきたよ！」と珍しいモンスターの登場に色めき立つ中、現在地とは微妙にズレたところにいる地味なモンスターばかり集めていたけれど。

なんでいつもこうなんだろう。ゾンビーズの曲に「シーズ・ノット・ゼア」ってのがありますが、まさにそんな感じでした。私のポケモンだけそこにいない。

それさえ除けば、二時間半も夢中で歩き続ける楽しさを味わったのは久しぶりでした。やはり、何事もやる前から批判するのはよろしくないですよ。JUST DO IT からのジャッジが妥当だよ。

その後、私はひとりで何度も不忍池に足を運びました。ばったり友達に会ったこともあったなぁ。お互いゲームに夢中になったことなんてなかったから、ちょっと恥ずかしかったのを覚えています。そうそう、若者の流行りに乗っかったつもりが、しぶとくやっていたのは中高年以上だったのもポケモンＧＯのいい話ポイント。

あの中年たちは、いま何をしているのでしょうか。家でリングフィットでも、やってるんですかね。

世にも恐ろしい私の腕の話

スタイル抜群の女友達と、ふざけてダンス動画を撮りました。懐かしのソウルミュージックに合わせ、ズンチャズンチャと。楽しいねえ。

息が上がってゼーゼーしながら「意外と体は動くもんだわね」なんて調子づいて動画を観返し、思わず仰《の》け反《ぞ》りましたわ。思ったよりダンスが下手だからとか、顔がブスだからとか、そんな話ではありません。恐ろしく、私の腕が短かったのです。

人より腕が短いことは、子どもの頃からわかってはいました。そう認知せざるを得ないことがいくつかあったから。

まず、着る服着る服、どれも袖が余る。フレンチスリーブは半袖に、半袖は七分袖に、七分袖は長袖で、長袖は布が余りまくってビショップスリーブ。ならば、とノースリーブを着ても、まったくサマになりません。二の腕が太いという別の問題が頭をもたげてまいりますので。

子どもの頃は大きく前へならえでほかに比べて微妙にディスタンスが狭いことにも気づいてはいましたし、同じくらいの身長の人と並んで撮った写真、下ろした私の腕が明らかに短いなんてことも日常茶飯事です。

それでも、私は特に気にしていませんでした。日常生活に大きな支障があるわけでもなし、己の容姿に対する執着も足らず、のらりくらりと四十代も半ばを過ぎました。

「私の腕は短い」という事実の受容のみで思考停止したまま。

そしていま、スマホを手にワナワナと震えています。白鳥のように翼を広げて羽ばたいたつもりだったのに、ニワトリがワキを閉じたり開いたりしてるみたいな私が画面に映っている。擬音をつけるなら十人中十人が「コッコッコケッコー」を選ぶに違いない動き。私はこんな無様な腕を、二本もぶら下げて生きてきたのかよ。

長く細い腕は、それだけでエレガント。ならば、短い腕はそれなりに滑稽《こっけい》。考えればわかりそうなものですが、ついさっきまで思考停止していたのだから慌てふためくのも無理はない。腕が短いと、どんな動きもバタバタして早回し動画のように見えるだなんて、想像もしなかった現実だよ。

私はハタと気づきました。どうしよう、腕は「盛れ」ないではないか。短い足にはハイヒール、小さな胸にはパッド、太い胴体にはコルセット、大きなお尻にはガードル、小さな黒目にはサークルレンズ。世の中には、気になる特徴をカバーするアイテムが溢れています。アプリで盛ることも可能です。しかし、腕にはそれがない。短い指にさえ爪を伸ばすという手があるのに。

ネットで検索しても、膝を打つような妙案は見つかりませんでした。元々長い腕を持つバレリーナがより長く見せる方法を開陳しており、あんたも欲が深いねと毒づきたくなります。世の中には、もっと困っている人がいるんだよ。

細くすればいいではないか、と思ったあなた。否定はしませんが、全面的に肯定もできません。私にはふくよかな体と長い腕を持つ友人がおりますが、彼女の動きは決して滑稽ではないのです。腕さえ長ければ、太ましい肉体もエレガントなのよ。

つけ焼き刃の学習によると、腕は肩甲骨から生えているそうです。まずは肩甲骨をほぐし、肩の可動域を広げるのが良いらしい。確かに私の肩甲骨は凝り固まって、腕が思うように動きません。白鳥の湖からは程遠くバタバタと滑稽なのは、そのせいか。

いや、待てよ。そもそも肩甲骨が凝り固まってしまうのも、人より腕が短くて手を前に前に出さないとパソコンができないからではないかしら。ならば、もう仕事を辞めるしかない。キーボードとおさらばするしか手がない。いや手はあるんだけど腕が短い。腕を伸ばすために仕事を辞める馬鹿がどこにいる。ここにいるかもしれない……。

血迷いました。よく考えたら、私が敬愛するマドンナだって手足が短いではないか。筋肉のせいで脚は短く見えるものの、腕の短さはあまり気づかれていないような。過去のヌード画像まで検索して調査したところ、膝小僧ならぬ肩小僧がくっきりと見えている時、つまり肩が腕のスタート地点と見えている時のマドンナの腕は長く見える。いやあ、観察してみるもんですね。

セレブだって、短い腕と生きている。たいていのことは工夫と気にしない精神で乗り切るのが中年だ。私はプチッと先ほどの動画を削除しました。

一筋縄ではいかない女が好む髪型

少し年上の女友達と、久しぶりに会いました。遅れて現れた彼女の出で立ちは、真っ赤なパーカの下に黒のタートルネックセーター、首元にパールのネックレス。ボトムスは白パンツに白スニーカー。

そんじょそこらの中年女では着こなせない、カジュアル系素敵スタイリング。ひとつひとつが安物だと成立しないやつよね。だいたい、体形が崩れていたらまず無理。

いったい、いつ運動しているのだろう？　私ならすぐ音を上げそうな仕事量をジャンジャン捌《さば》きながら、いつ会ってもオシャレだし色っぽいし、髪はツヤツヤだしきれい。なにより私よりちょっと年上なのに！

しばらく会わないうちに結婚したと風の噂で聞いたけれど、なぜいまさら？　手に職があり、パートナーがいて、独身をエンジョイしているようにしか見えなかったもの。どんなに自由でも、五十歳の背中が見えてきたら、「そろそろ落ち着かなきゃ」なんて思うのかしら。

曰く、五歳年下の男性にある日突然告白され、八年付き合っていた彼と円満にお別れをしたそうです。マジか。新しい彼からは三度目のデートでプロポーズされ、「それもいいかな」と結婚を決めたそう。マジか！　再びですわ。

なに、そのフットワークの軽さ。憧れ以外の感情が抱けません。やや嫉妬も内包されていることも認めましょう。

人生に起こる予想外のドラマを、存分に楽しんでいる様子が眩しすぎます。楽しそうな方向へ素直に引っ張られるためには、「自分にはなにが起こっても大丈夫」と信じられる胆力が必要。彼女はそれを持っているのだな。

旦那さんは二度目の結婚だそうで、付き合い出した当初は、経済的な不安がないとは言い切れない状態だったらしい。それでもポーンとジャンプできたのは、彼女が仕事で得た自信を持っているからでしょう。自分のことは自分でどうにかするんだよ。もうひとりくらい、どうにかなるんだよ。

旦那さんは海外で働いているそうで、毎晩オンラインで話すのが楽しいんだとか。いやはや、これもご時世。「オンライン婚よ〜」と豪快に笑う彼女の顔の、なんと清々しいことよ。「普通は」とか「常識的に」とか、そんな言葉が馬鹿らしく感じられます。

表情に、佇まいに、迷いや不安による滞りをまるで感じさせない中年女なんて、なかなかいませんよ。だって歳を取れば取るほど、不安や迷いはじんわり増えていくものだから。しかも、人にはなかなか言えないタイプのがね。彼女からは風を感じます。風なんて優しいものではないかも？　それは潮の流れのように力強いのだから。

私はこんな風に自由でいられるかしら。楽しそうなハプニングに、素直に引っ張られることができるかしら。どこかで自分を型に嵌《は》めようとしないかしら。

現時点では、まだまだ先入観に囚われているのが現実。「普通」が私に保証してくれることなんて、なんにもないのにねえ。

そんなことをグルグル考えながら、うっとり彼女のことを眺めていた私。ふとセミロングの美しい髪がかき上げられた瞬間、もみあげからこめかみあたりまでがズバッと刈り上げられていることに気づきました。出た！　ツーブロックの女！

一筋縄ではいかない女が好む髪型と言えば、これですよ。反骨の証ではないけれど、「私は私の人生を生きるよ」という強い意志を感じさせます。

髪の毛を降ろしている時には、刈り上げが見えないのもポイントです。パッと見は大人しく社会に適合しているように見せつつ、あなたが思っているほど従順ではないよという魂の静かな叫び。それが女の隠れツーブロックだ。

かく言う私もそのひとり。彼女に向かって髪をかき上げ、己のジョリジョリを見せました。おお、同志よ!

あーあ、行動を伴う彼女に比べたら、私のツーブロックはただのポーズだな。不測の事態に慌てふためかず、世間では年甲斐もないとされることにも怯えず、自分が楽しいと思ったほうに引っ張られて、自分で自分を幸せにしなきゃ。

自分を不幸せなところに置いたままにしない。自分で選択したことの責任を取る。大人の責務って、この二つくらいだものね。

体をどうにかせんといかん

悪夢のはじまりは、左肩甲骨内側に感じた「違和感」でした。疲れの溜まった夜、飛び込みのマッサージ店で施術を受けた私が悪かった。揉み終わって帰宅する頃、違和感は明らかな痛みに変化していました。お金を払って体を傷めるなんて、貴族の遊びにすらなりません。なにをやっているんだ、私は。イテテテテ。

翌朝。目が覚めると、痛みは肩甲骨から左の首筋にまで広がっていました。後ろを振り返ることはおろか、横を向くこともできません。今日は忙しいし、騙《だま》し騙しやっていくしかないのだけれど。イテテテテテ。

次の朝、目覚めは左手の痺れとともに訪れました。なにこれ。グーパーグーパーと手のひらを結んで開いてを繰り返す。筋違いではなく脳の病気だったらどうしよう？　慌てて検索すると、脳の場合は呂律《ろれつ》が回らなくなるとある。幸い滑舌に問題はなく、むしろ余計なことまで口から飛び出すほど。通常運転にホッと一安心するも、やはり左手だけビリビリしています。イテテテテテテテ。

忙しさにかまけていたら、土曜日の夕方、ついに恐れていたアレが来ました。頭痛です。しかも緊張型のヤツ。これはね、痛み止めの薬が効かないんですよ。寝るしかない。せっかくの休日だけれど、「果報は寝て待て」しか選択肢がないのです。イテテ×一〇。

日曜日、果報はまだ届きません。頭痛が治まるどころか、痛みが尾てい骨にまで伸びている。尾てい骨⁉　はじまりは肩甲骨だったのに。今夜はライブを見に行く予定があったけれどもうダメだ。イテテ×一〇〇！

筋肉痛や成長痛など、体の痛みは現状を良い方向に変える前段階の必要悪として語られることもありますが、これはそういうのではありません。

筋違いは打ち身と同じく、いつまで経ってもまるで良い変化が起こらないタイプの痛み。ライブに行きそびれた私よ、いまはベッドに横たわりながら、大好きなヒップホップグループ、デ・ラ・ソウルの「ペイン」でも聴こうではないか。

この曲では「その痛みこそが明日を良くする」的なことが歌われているのですが、痛みを超えたあとの成長を確かめようと《Look over your shoulder（後ろを振り返ってごらん）》なんて歌詞もあるわけよ。でも無理なわけ、首の筋を違えているからね！

仕方ない。私は近所の整骨院に駆け込みました。最初からそうすればいいものを、こういう時だけ国家資格を持つ施術者のところへ行くのが私のいやらしさです。

整骨院の先生は、私の体を触って五分もしないうちにこう言いました。

「これ、アゴですね」

は？　意味がわからない。

国家資格所有者曰く、アゴのズレが原因で、体全体がバランスを崩しているんだそう。そう言えば、ここ数日は噛むたびにアゴの右側がカクンカクンと音を立てていたっけ。

大病でなかったから良いものの、深刻な病気になったら私はどうするんだろう？　ここまではお得意の騙し騙しでやり過ごしてきたけれど、この先はそうもいかなそう。三十代では直面したことのない不安。立ち込める暗雲、それは加齢による体のガタ。

アゴの調整が終わると、頭痛は次第に治まっていきました。すごい。翌日には首筋の痛みもなくなり、いまは尾てい骨が少し気になるくらいです。ここで胡坐《あぐら》をかくと、すぐに再発することはわかっています。

わかってるけど、件の整骨院は仕事場から遠く離れた自宅の近くにあり、夕方までしか営業していません。つまり、平日に通うのは無理。

四十代に入ってから、体をどうにかせんといかんと考える機会がグッと増えました。私の五十代から先は、残りの四十代にかかってる。筋トレを頑張って、食事の栄養バランスに気をつけて、見た目も適度に整えて……なんてことをしていたら、働く時間がなくなるではないか。仕事がなくなったら、整骨院にも行けません。

みんなどうしているのだろう？　あちらを立てればこちらが立たずな不安を抱えているのは私だけではないはずだ。だとするならば、みんなで集まり不安を共有したい。女の打開策は、女の集合知から見出すのが功を奏すると決まっているので。

そんな時こそ、ふて寝です

「笑って！　笑顔でお願いします！」

その言葉、その期待に応えようと、私はこれでもかと口角を引き上げました。自動的に頬が引きつり、目が糸のように細くなるのを感じます。もう、これ以上は笑えない。限界です。てか、これ笑顔に見えてる？

何枚も写真を撮られる仕事は久しぶりでした。普段の取材なら、撮られても一枚か二枚。「これが自分の顔だ」と胸を張れるものが上がってくることはほとんどないけれど、まぁこんなもんだと、ひどく落ち込まずに自分を納得させられるようにはなりました。

妥協と言えば妥協。でも、今日は違う。何枚も何枚も、ちゃんと絵になる写真を撮られなければなりません。そういう撮影だったのです。

カメラマンと編集者が、撮ったばかりの写真を見て首をかしげています。そうか、やはりダメだったか。恐る恐る画面を覗くと、そこには思った以上に引きつった中年女の顔がありました。乏《とぼ》しい笑顔をカバーしようとしたのか、顔に添えた手がおかしなことになっている。顎のあたりで手首が曲がり、結果的に珍妙なポーズを取るハメに。すべての要素が滑稽で、私はとても悲しい。カメラマンはひとつも悪くありません。悪いのは私に笑顔の才能がないからです。

私は笑顔が苦手です。精一杯笑ったつもりでも、口が小さいからなのか、まず歯が出ない。顔面の部位すべてに力が入りすぎている。

そうかと思えば、誰かが撮った写真にたまたま写った笑顔の私は、いつだって品がなく口を開けて大笑い。もれなく二重顎。なんか、上を向いてうがいをしているカバみたいなんだよな。ああ、私は自分の笑顔が本当に嫌いです。

以前、自著の中で、「笑顔には情緒や心のあり方が表れると思われがちだが、実際には表情筋の動き具合に左右されるもの。だから、腹筋や背筋と同じく鍛えればどうにでもなるし、笑顔が下手だからと落ち込むのは馬鹿馬鹿しい」と書きました。

いまでもそう思っています。なのに、ふとした時に「笑顔の才能がない」と落ち込んでしまう。笑顔と才能には相関関係がないと、あれほど腑に落としたはずなのに。

実は、しばらく笑顔の練習もしたんです。鏡を前に割り箸を口に挟んで笑ってみるとか、口角を横に広げるのではなく、上に引き上げるとか。

しかし、結果は出ませんでした。割り箸を口に挟めば首に不自然な筋がギュインと出てくるし、口角を上に上げた顔は、下手な薬師丸ひろ子のものまねみたい。わかります？　口が勝手にすぼまっちゃうの。鼻の下に変なシワまで出てくるの。ああ、つらい。

自然な笑顔を体得する前に、私は表情筋トレをやめました。だって、道化以下の不穏な顔を鏡で見るのに疲れちゃったんだもの。その結果がこの撮影。前夜の寝不足がたたって顔色も悪く、とにかくなにもかもがダメ。最悪。ああ、いまの私は明らかに、不必要なほど自己評価が低まっている。わかっていても自分ディスが止まらない！

なにもかもうまくいかないまま帰宅したあと、どっと疲れて二時間ほどふて寝をしたら、目覚めの顔はそれほどひどく見えませんでした。

睡眠のおかげで急激に顔面の状態が良くなったのか、同じ顔を見ても自己嫌悪に苛《さいな》まれない程度に精神が安定したのか、どちらかはわかりません。でも、まぁこんなもんかとは思えるようにはなりました。なんとか持ちこたえた自分、えらい。

いまよりもう少し、マシな人間になりたい。精神が健康な時、その欲望は向上心に姿を変えますが、不健康な時は私から自己肯定力を奪っていく。自分がどんどん嫌いになっていく。そんな時こそ、ふて寝です。だって、疲れている時にポジティブになれるほど、私はおめでたい人間ではないもの。

これからも、私は自分の顔に悩まされるでしょう。笑顔なんて表情筋次第と気づいた時にはあんなに心が軽くなったのに、気づいただけではなにも変わらないことに、今度は気づいてしまった。

加えて、表情筋が随意筋である限り、練習を続けなければ筋力は低下する厳しい現実を、私は体の筋トレを通して知ってしまった。最近はマスクのせいで顔の下半分が気を抜きまくっているし、これマスク生活終わったらどうなるんだろう。

あーあ、厄災が過ぎ去るまで、ふて寝していられればいいのに。

瓢箪から駒出し過ぎ女(前編)

「瓢箪《ひょうたん》から駒」という言葉があります。意外なところから、意外なものが出てくることを指します。

十代からの女友達に、瓢箪から駒出し過ぎな女がおります。彼女が自動販売機だったとしたら、お客さまから賠償請求をされていてもおかしくないレベル。人生において、十中八九押したボタンと違う商品が出てくるのだから。

彼女の名前を、仮にA子としましょう。「久しぶりに恋愛する気になった！　まずは体をシェイプする！」とジムに通い始めたのは数か月前。

わかる、そうやって自発的にエンジンをかけないと、恋する気持ちなんて生まれてこないものね。実ろうが実るまいが、まずは好きな人が出てこないと。そのためには、なにかいつもと違うことをやるのが吉。Ａ子、その調子よ！

さて、Ａ子のパーソナルトレーニングは二十代前半の男性が担当することになりました。とっても良い子なんだけど、さすがに恋の相手には若過ぎ。四十代半ばの女にしたら息子でもおかしくない歳ですから、好きになるっていうのとはまたちょっと違う。なにをやっても「かわいいわねぇ」となってしまうアレです。

真面目に取り組んだおかげで体がメキメキと変化してきたある日、Ａ子はトレーニング中にひどい肉離れをやってしまいました。「肉離れ」って、聞こえは相撲の決まり手みたいですが、言ってしまえば筋肉の部分断裂。大怪我なわけです。こうなると恋愛どころではない。

Ａ子は整骨院に運び込まれ、応急処置を受けました。次いで病院へ。整骨院の処置が良かったようで、しばらく安静にしていれば治るとのことでした。

一週間後、医師から、「もう病院には来なくてもいいので、最初に行った整骨院に通ってください」と言われたＡ子。なんだ、これで終わりではないのか。Ａ子はしぶしぶ整骨院の扉を叩きました。

さて、ヒューッと時間を飛ばして一か月後。すっかり肉離れの治ったＡ子の携帯電話が、今宵三度目のベルを鳴らしました。お相手は整骨院の先生です。山田孝之似のイケメンで、歳は三十歳。A子の一回り以上年下です。仕事帰りには、電車の乗り換えのたびに電話をかけてくることもあるそうで……。

一日に何度も電話をかけてくる人が現れたなんて、自動販売機だったら間違いなく「恋人」のボタンを押した結果だと思うでしょう。私もそう思ったけれども、そうは問屋ならぬ、瓢箪が卸しませんでした。

A子、また瓢箪から駒を出したのね。

毎日整骨院に通ううちに意気投合し、肉離れの完治とともに患者と先生というハードルを越え男女の仲になったシングルの二人。しかし、恋人になるまでの情熱はお互いに湧きませんでした。まあ、そういうこともあるでしょうね。大人だしね。

しかし、話はここで終わらない。そうなったら通常は、何度か寝たあと連絡が来なくなってフェイドアウト、だよ。世の中っていうのはそういうもんだ。

しかし、先生からは引き続き絶え間なく連絡が来るのです。来まくるのです。

ならば体の関係だけキープしようかなとシフトチェンジしたA子でしたが、頻繁なのはLINEと電話のみ！　彼女の出張先にまで連絡してくるくせに、性的お誘いはゼロ。先生、いったい何を考えているんだ。

先生には妻も彼女もおりません。朗らかな連絡が来るんだから、いわゆるヤリ捨てでもない。妙なものを売りつけられもしないし、束縛やストーキングもない。だが、連絡は毎日。

友達？　先生、もしかしてA子とトモダチになりたいの？？？

この歳になって、定義に困る関係性が出て来るとは思いもよらぬ事態です。

（つづく）

瓢箪から駒
出し過ぎ女（後編）

三十代のうまくいかなかった恋を象徴する曲と言えば、ダフィーの「ウォリック・アヴェニュー」でしょう。サビの歌詞を要約すると「もう別れましょう　これが最後愛してるって言うけど、あなたは私を愛していない　もう自由にさせて」ですからね。

頑張って頑張って、どうにもならなくなってボロボロになるまでやりきる体力が、あの頃の私にもありました。いまはもうまったく残っていませんが。

さて、整骨院の先生は、Ａ子の一回り以上年下で独身。肉離れはすっかり治ったというのに、気遣いに溢れた電話やＬＩＮＥが毎日来る。営業かとも思ったけれど、酔っ払ったのか、深夜の着歴が七、八回ということも何度かあったらしい。それは営業とは言えない。

深夜に何度も電話をかけてくるのは、元患者相手とはいえ職業倫理的にどうなの？と思わなくもないけれど、誰にだって不適切な行動が我慢できない時もあります。我々の経験値から鑑みるなら、それ「恋」だよ、先生。

先生はＡ子を褒めちぎるも「好きだ」とは言わないらしく、それはそれで切ない話です。なら、最低限抱けよ。抱いてやってくれよ。一回り以上年上の女相手になにを考えているんだよ。

いったいこの関係は……と悩み抜いたＡ子が出した結論が「セックスレスのセフレ」だそうで。冗談としては愉快だと思うけれど、まったく意味がわからない。

Ａ子はＡ子で、毎日のＬＩＮＥにも二時間に及ぶ電話にも付き合っています。優しいんだか、お人よしなんだか。三十代と違い、関係性の定義にやっきになるパワーがなくなったのでしょう。

残念ながら、中年になると不測の事態に怒ったり焦ったりができなくなるのです。精神が成長したとも言えますが、気力・体力的に無理になったと言ったほうが正しいかも。そのくせ耐える力だけはついちゃって、ナマケモノのように木の枝にブラーンとぶら下がったまま、ニコニコ笑っていることもできる。

なんだかなあ、と思いながらそのまま、という関係に思い当たる節がある人もいるのではないでしょうか。我々はもう、たとえ木の枝からドスンと落ちたとしても、少々そのままにしておいていただければ自力でスックと立ち上がることができるので、よくわからない事態でもなんとかなってしまうのです。瓢箪から出た謎の駒は、所在なげにコロンと転がったまま。

先生とA子、最初の出会いから三か月が経過しました。もう夜を共にすることはなくなりましたが、先生からの連絡は途切れずにやって来るそうです。嘘でしょう⁉

「出身校の部活がインターハイに出場しました！」なんて話まで連絡が来るそうで。なんだそれ。甘えんなよ！

A子も重々承知の上ですが、先生がやってることは「甘え」以外のなにものでもありません。四十歳を過ぎた女を何度か抱いたところで、責任を取れと詰められやしないのを無意識にわかっているのだろう。A子には、肩肘張らずに話を聞いてもらえると思っているのだろう。むしろ、責めも問いもしないA子にこそ聞いて欲しいんだろう。だったらしっかり恋に落ちちゃえばいいのに、ねえ。

完璧なタイミングで完璧な相手なんて現れないと、A子は身をもって知っています。

でも、まだ若い先生はまだそれを知らないのでしょう。まあ、仕方ないよね。

A子は自分からは動きません。気持ちが盛り上がっていないのもありますが、無理に始めようとしてもなにも始まらないことを、四十路越えの私たちは痛いほど知っているからです。本当に、残念。

「瓢箪から駒」には、冗談で言ったことが意図せず実現してしまうことという意味もあるそうで。セックスレスのセフレ、現実になってしまいました。

「愛される」は愛したあとについてくる、らしいよ

さーて、ちょっと耳が痛くなる話でもするか。テーマは「愛される人」です。愛される人のことを考えると、私は少し前の懐かしい出来事を思い出します。あれは、仕事仲間の誕生日会を半ば強制的に開催した時のことじゃった。お誕生日会の会場はバースデーボーイの自宅。かしましい女四人で押しかけ、悪ノリ祭りのスタートだ！

私たちが彼の家に到着したら、ひとまず本人には二時間ほど外出してもらいます。お部屋をデコレーションするところを見せたくなかったのでね。事前購入しておいた映画のチケットを渡し、玄関から送り出す。放り出すと言ったほうが適切かもしれません。

外出から戻った彼を迎えるＢＧＭは、テイラー・スウィフトの「シェイク・イット・オフ」。まったくもって、バースデーボーイの好みではありません。我々がやりたいだけ。

誕生日会が始まったら、お楽しみイベントが目白押し。にわか占い師に化けた女友達による人生占いや、振りつけアリで歌を歌う（我々が）、バースデーケーキはまさかの（我々が食べたい）ベジタブルケーキ！　など一時間に一度のサプライズを敢行。嗚呼、楽しいったらありゃしない（我々が）。

文章にするとなんらかのハラスメントにしか思えない数々のプランが滞りなく行われたのは、彼が私たちに祝いたいように祝わせてくれる人だったからです。祝う側より祝われる側のほうが、相手のことを慮《おもんぱか》っている。人間として一枚上手でした。

宴もたけなわの中、ピンポーンと玄関のベルが鳴り、彼の家に宅配便が届きました。送り主は、当日やむなく欠席した別の仕事仲間。

前夜に「来られたら来て」と住所だけは伝えていたけれど、まさかプレゼントを送っていたとは。中身はファイナルファンタジーの登場人物が容器にプリントされた限定のカップラーメン。大人の魅力溢れる送り主の好みとは、まったく無縁の品で驚きました。

　ゲーム大好きバースデーボーイは大興奮！　今日イチの笑顔です。ふと玄関を見ると、もうひとつ巨大な段ボールが目に入りました。送り主は同じ。開けてみると、中身は普通のカップラーメンでした。はて？

　バースデーボーイ、生意気にもその意図にすぐに気づいてましたね。「限定商品はもったいなくて食べられないから、普通に食べられるカップラーメンも一緒に送ってくれたんですね……」だって。

　いやはや、他人を喜ばせる力のある人の想像力たるや！　尻込みするような高級品でないばかりか、消え物で実用性も兼ねている。つまり、まったく迷惑がかからない。送り主がみんなから愛され続ける理由が、ハッキリとわかった夜でした。

　常に他者の身になって考えられる人は、かなりの確率で愛されます。男女問わず、こればかりは間違いありません。

　相手の願いや欲望を瞬時に汲み取り、「やってあげるよ」とか「どう？　気が利いてるでしょ」という自己顕示をせず、それを差し出すことができる人。

恋愛だけでなく、仕事でもこういう人は好まれますね。面白いとか容姿が美しいとか、気が合う、なんて人よりもずっと好機に恵まれる。

人を喜ばせるのが好きな人、ならゴマンといるんですよ。でもねぇ、そういう人は私と同じく、エゴの取り扱いがうまいとは言えないことも少なくない。相手が喜ぶことだけを真剣に考え、楽しみながら実行できる人とは、根本的に違うんです。私たちのように、アツアツの女子校あんかけをかけ続けるような祝い方は、やはり稚拙なのだな。

テイラー・スウィフトの「シェイク・イット・オフ」だって、よく考えたら「テイラー・スウィフトを聴きながら誕生日会のデコレーションをする私たち」っていう絵が、めちゃくちゃイケてると思ったんでしょうな、くどいようだが我々が。

驚くことに愛すべきバースデーボーイは二次会にもついてきたから、それなりに楽しかったんだと思います。だとしたら、ますます尊敬ですわ。私たちが勝手に楽しんでる姿を見て楽しいと思えるなんて、どんな修行を積めばできるのか。

「愛される」は愛したあとについてくる。相手の立場に立って、相手のみを愛することができたらの話ですが。

雄弁な写真

子どもの私と、若い父が一緒に写った写真が必要になりました。父について書いた本『生きるとか死ぬとか父親とか』が出たので、宣伝などに使うのです。担当編集者さんに依頼されハイハイとふたつ返事でＯＫしたものの、えーっと、親子が写ってる写真を収めたアルバムはどこだっけ。

我が家は特殊な事情で実家がありません。十年ちょっと前に撤収しました。唯一の家族である父とは現在バラバラに住んでおり、父の住まいを実家と呼ぶのは非常に心地が悪い。子ども時代の欠片がどこにも落ちていない場所ですし、実際に居心地も悪いんですよ。ただの老人の家だし。

さて、実家を撤収したということは、実家にあったものは父か私の住まいのいずれかにあるということになります。当然、家族の思い出が詰まったアルバムも。しかし、父も私も二度ほど引っ越しをしたため、もうどこになにがあるかまったくわかりません。案の定、いま住んでいる私の家にアルバムは見当たりませんでした。

父の家で荷物をひっくり返すのはめんどうだなぁ、とあきらめきれず仕事場の押し入れを弄《まさぐ》っていると、ホコリを被った手提げ袋を発見。手を突っ込むと、写真らしき質感の束が指先に触れました。

幼児の私、母と私、母と友達、私と友達。時期も写っている人も統一感はなく、これはいろいろなアルバムから抜け落ちた写真の集合体でしょう。言うなればアルバムの落ちこぼれだ。

そこに、父の写真は一枚もありませんでした。母と私のは結構あったのに。そうか、父の写真がないのは、父がシャッターを押していたから? だといいな……。

親御さんがご存命でそこそこ良好な関係を保っており、且つ子ども時代の写真がすぐには出てこないという方。いますぐ親御さんと写った子ども時代の写真を探しましょう。見つからなかったら、玄関の前でもいいから一緒に写真を撮る。ないよりマシだ。プリントアウトを忘れないで!

《あなたはすぐに写真を撮りたがる》という印象的なフレーズで始まる椎名林檎の「ギブス」。いまだカラオケの十八番という方もいるのではなかろうか。コロナが終わったら行きたいですねえ、カラオケ。

林檎は続けます。《だって写真になっちゃえば　あたしが古くなるじゃない》と。そうかもしれないね、若い頃ならね。でも歳を取って写真に写る人がこの世からいなくなっちゃったら、写真をぎゅっとするしかなくなっちゃうのよダーリン。

親なんてさぁ、というボヤキが聞こえてくるようです。私だってこんなことを言うようになるとは思ってなかったよ。だが、しかし。

親はいずれ死ぬんですよ。母親なんてあっという間に死んじゃったもの。先日誕生日を迎えた父親だって、気づけば八十歳を過ぎてしまった。なんとか説得して二度のワクチン接種を済ませたけれど、いつポックリ逝ってもおかしくない年齢ではあるのです。最近は会うたびに写真を撮るようにしているけれど、爺と中年女の写真はもの悲しさに溢れてしまう。

やはり、なんとかして若い頃の父と私の写真が見たい。写真は雄弁だもの。そこから読み取れる感情は、面と向かって話すより多いと思うのです。いまがその声を聞く時ではなかろうか。私を腕に抱く、若い父の笑顔は私になにを教えてくれるのでしょう。写真が見つかれば、の話だけれど。あと、赤ちゃんの私を父が抱いたことがあればの話だけれど。

自意識の持ちようは青春時代の世相にかかっている

コロナが主役だった二〇二〇年と二〇二一年は、自分らしく生きることが難しい年でした。できることよりも、できないことのほうが多く感じられたからです。やっちゃだめなこと、のほうが言い方としては適切かも。特に、大人数で集い、はしゃぐなんてのは夢のまた夢。これまでパーティーピープルだったことなど一度もない私ですら、パーテーションで区切られた、それぞれの生活に押し込められる息苦しさを感じました。

八〇年代、いまの五十代が二十代だった頃、日本は好景気に浮かれていました。仕事終わりにタクシーで熱海の温泉に行ったとか、就職活動では説明会に行けば内定がもらえたとか、都市伝説並の逸話ばかり。

当時の私は中学生でしたから、バブルを体感するには幼すぎて、良い想い出はひとつもありません。ああいう狂乱の時代が、また日本に来ることはあるのかしら。

先日、私は在りし日の喧騒を思い浮かべていました。アラフィフの先輩に誘われ、六本木のグランドハイアットホテルで催された80'sディスコパーティー。確か四〜五年前の話。

あれは凄まじかった。なにがって、先輩方の生き様が。バブル世代は、私たちと心のありようが違い過ぎる。開場直前にホテルへ着くと、すでに長蛇の列ができていたっけ。

客層は五十代半ばがメイン。大きな袋を抱え、更衣室の場所をホテルスタッフに尋ねる女性もいて、気合の程が窺えたのを強烈に覚えています。

会場は、一〇〇〇人は収容可能なグランドボールルームでした。ど真ん中にダンスフロアが設置され、お立ち台まであります。本当にこの会場が埋め尽くされるほどの中年が集まるの？　長蛇の列を見たあとでも、私はそれを想像することができませんでした。

イベント開始三十分後。私の予想に反し、どんどん人が増えていきます。ＤＪが流すプリンス、デヴィッド・ボウイ、ホイットニー・ヒューストン。皮肉にも没後アーティストの曲ばかりがかかり、バブルは遠い昔になりにけりと思わずにはいられません。

参加者はと言えば、こちらも予想に反してワンレン・ボディコンのバブルゾンビは皆無。誰もが程良くアップトゥデートされたスタイリングと、メンテナンスされた顔面で参戦していたのです。みんな若々しくて、なんだかちょっと悔しい。

いい女の指標が杉本彩で止まっている印象は否めませんが、就職氷河期世代の私なんかより、ずっとキラキラして現役感が漂っている。日常生活で体感しているG（重力）が我々の六割くらい。揃いも揃って元気ハツラツなレディたち、フロアに出たら踊りっぱなしです。一方、氷河期の私は怖気づいて椅子に座りっぱなし。ダサ過ぎでしょう。

チークタイムを経験した世代特有の、カップル文化も健在でした。おい、本当に向き合って踊っているぞ。テレビの風俗史映像でしか見たことのなかった光景が目の前に。お揃いのスタイリングを楽しむご夫婦もチラホラおりました。どなたも一世一代の晴れ舞台というよりも、非日常を日常的に楽しむ余裕を醸している。誰もが屈託なく心からはしゃいでいるではないか。ますます悔しい。

底意地悪く「ちょっと、あの人見て！」と揶揄したくなる振る舞いの方もいるにはいるのですが、そんな人を気に留める無礼者は私以外に皆無でした。豊かな時代に育った人は、自分にも他人にも寛容なんだろう。

私は猛烈に敗北感を覚えました。なぜって、我々（と、一括りにすると怒られそうだけど）世代は、良く言えば慎重、悪く言えば根がネガティブ。私が日頃から、「年齢や属性を気にせず生きていこう」と喧伝しているのは、実態がその逆だからです。「年甲斐もなく」と「はしゃぐ」のかけ合わせには、特に敏感になる私。

こちとらはしゃいだ場数が少ないからさ、加減がわからんのよ。加えて、人の目が気になって仕方がないのと、存在しない「正解」を探すくせがやめられない。自意識の持ちようは青春時代の世相、特に経済状況に左右されると常日頃から思っておりましたが、バブル世代の自己肯定力は、まさにそれに裏打ちされていました。

やや暗い気持ちを持て余しつつフードコーナーを訪れると、煌《きら》びやかなお料理に反し、お皿は紙皿。おお、リアル。こうやって楽しくバブル風味を楽しめても、失われた二十年はいまだ続いていることを雄弁に語るひとコマでした。それでもいいから、またみんなで歌い踊れる日が来ることを願ってやみません。

傷ついても負けない女のアンセム

あれは二十年ほど前のことじゃった。その頃はこの国の景気もちっとばかし良かったもんで、商いもそこそこ繁盛しておった。

毎日が戦みたいなもんじゃった。一番槍にゃ男も女も関係なかったで、ワシらはあっと驚くような神輿《みこし》をこしらえて祭りに繰り出し、ほかの奴らに勝たなきゃならない。いつだって人手が足らなかったんじゃよ。

ある時、火の国に火打石みたいな女がいると聞いたんじゃ。訪ねてみると、そりゃもう噂通りの電光石火じゃ。

向こう見ずの鉄砲玉だが礼節は欠かさない。心の温かさに溢れ眼差しは強く、一瞥《いちべつ》で山をひと焼きするようなおなごじゃった。ワシらと同じ臭いがした。

都に戻ってワシら大暴れじゃ。おなごを寄越せ、都に寄越せ、あれがおれば商いは膨れ上がるぞと大将に詰め寄って、人さらいのように連れてきたんじゃ。

おかげでワシらはうるおったが、あのまま火の国におったら別の人生もあったんじゃなかろうかと、二回りも歳が上の男連中と互角に酒を酌み交わす、立派な山賊となったおなごを見ると思うんじゃ。

嗚呼、感極まって目に涙が溜まってきた。場所は広尾、豪奢《ごうしゃ》なイタリアンレストラン。立派に育った後輩ちゃんの隣で耽《ふけ》りながら、なんらかのカルパッチョをつまむ私。

新卒で入社した会社の大先輩が定年退職すると聞き、久しぶりに集まったメンツの中に彼女がいました。九州の営業所に凄腕の若いのがいると聞いて会いにいくと本当にすごかったので、先輩たちと「東京に異動させて！」と上司に懇願してからもう二十年。月日の流れは早い。

歯に衣着せぬ物言いは相変わらずで、仕事における凄腕は剛腕に変化しておりました。頼もしいったらありゃしない。

あの頃は腕さえ良ければ男も女も関係ないと思っていましたが、よく考えれば男以上に男らしく働き、それを男に認められることが、働く女の大前提だったようにも思います。

言葉遣いはわざと荒く、接待では細かな気遣いがバレないように暴飲暴食をして、昼夜を問わずに働きまくる。一目置かれるには、それがいちばん手っ取り早かった悪しき時代の話。

それですべての女らしさが失われるわけではないけれど、私は「自分らしさ」をブルドーザー的なパワー以外に見出すまでに、少し時間を要したな。

いまの後輩ちゃんは、誰が見ても間違いなく最高の状態。ただ、あのまま地元にいたら、いま頃……と思うと、呼び寄せ団の一員としては少し後ろめたくも思うのです。

「なに言ってんですか。ここで楽しく自分の足で生きてますよ」

後輩ちゃんはやや荒っぽい（だが本人は無自覚な）山賊特有の口調で言いました。場繋ぎの「ありがとう」も「すいません」も言わないで。

肩で風を切って東京のど真ん中を歩く女にも、空からタライのように災難が降ってくることがあります。つらいよねえ。そんな時は映画『グレイテスト・ショーマン』の主題歌「ディス・イズ・ミー」が働く女の支えになるでしょう。日本語字幕がついた公式リハーサル動画がYouTubeにありますので、是非観て欲しい。

私らしさって何だろうと悩んだ時は特に、自分を奮い立たせる気つけ薬のようなエンタメを常備しておくことをオススメします。傷ついても負けない女のアンセムとして、「ディス・イズ・ミー」が私の「女を奮い立たせるソングリスト」に加わりました。後輩ちゃん、日和ったワシが悪かった。今夜はあんたの「ディス・イズ・ミー」に乾杯だ。

ボディ・ポジティブに殺される!?

ダイエットアプリの「あすけん」を始めることにしました。仕事の一環で受けた健康診断で「これはちょっと……脂肪肝気味かもしれませんよ」と、ＣＴの画像を見ながら半笑いでお医者様に言われてしまったので。いや、半笑いは根に持ってないんですよ。私も一緒になって笑ってしまったから。

幸い再検査が必要というほどではなく、自力で頑張れとのこと。つまり、食事や運動でなんとかしろと。

昨年の夏から週二でパーソナルトレーニングに励んだ結果、数値上では脂肪が三キロ減り筋肉が四キロ増え、私はたいそう満足していました。苦手な運動を克服しつつある自分を誇らしく思い、自己肯定感溢れる毎日を送っていたところに脂肪肝。まるで冷や水をぶっかけられたような気分です。

ぽっちゃりウーマンである自分をようやく受容し始めていたというのに、現実は厳しい。コンプレックスだった厚みのある体も、運動のおかげで少しメリハリがついて気に入ってきたというのに。

ボディ・ポジティブにも異論はありません。太っていようが痩せていようが、自己受容できることが大切。ただし、これに関してだけは「健康ならば」という条件がつきます。このままだと私はボディ・ポジティブに殺される。若者よ、これが四十代だ。

運動時間はこれ以上増やせないから、食べるものを変えるしかない。というわけで、「あすけん」アプリの登場です。食べたものを記録すると、カロリーだけでなく十五種類もの栄養素の過不足と食事バランスが、グラフと点数で表示されます。白衣のあすけんウーマンが、毎日表情たっぷりに結果を教えてくれるのです。好きか嫌いかで言ったらやや苦手な仕様だけれど、背に腹は代えられません。

たいていのメニューは登録されているので、そこからポチポチと選べば、当面はなんとかなるはず……でした。ところが。

実際に食べたものを記録してみると、必要な栄養素を過不足なく摂取することが想像以上に難しかった。特にカリウム、カルシウム、ビタミンA、食物繊維の四つ。必要量を満たすには、三食すべて和食にしたくらいじゃどうにもならんのですよ。

私、根は真面目なんです。生真面目と言ってもいい。毎日のグラフに「不足」の文字を見つけると、気持ちが悪くてたまらない。あすけんウーマンが「よく頑張りましたね」と言ってくれたところで、「でも、ここは不足したままですよね⁉」と突っかかりたくなる、めんどくさい性分の持ち主です。

ウーマンがなんと言おうと、摂取カロリー一日一八〇〇キロカロリー、たんぱく質一〇〇グラム、脂質と糖質を五十グラム前後に抑えるダイエットを私はやりたいんだよ。そうすると、どうしても栄養素が不足しがちになってしまうから困っているの。

レバーや鰻から摂取できるビタミンAがどうしても足りない日が続いてしまうと、ソワソワします。そんなものを毎日食べるわけがないし、そればかり食べていたら、脂質が規定量をオーバーしてしまうではないか。

そう、まさにここが問題。不足を満たそうとすると、ほかが飛び出てカロリーオーバーしてしまう。まるでブラックジャックです。医者ではなくトランプのほう。

回ってきたカードを取捨選択し、最高の手札で限りなく二十一に近づけるブラックジャックと「あすけん」。二つの類似性を見出してからというもの、私は俄然やる気が漲っています。鶏むね肉を鮭に変えれば、必要なたんぱく質をクリアしつつビタミンDも摂取できる。ならば、今日のランチはブロッコリーと玄米とスモークサーモン。お、これだと脂質がちょっとオーバーするか？　なんてことを一日中考えています。

とにかく最高の手札で毎日を終えたいと躍起になり、オリジナルプロテインバーまで自作する始末。これが優秀で、たんぱく質、脂質、糖質、食物繊維がバランス良く摂取できる。エクセルを駆使し、計算しまくった成果にうっとり。

「あすけん」ブラックジャック、結果は三か月後ぐらいに出るでしょうか。ちなみにビタミンAは海苔からも摂取できますよ。低カロリーだし、足りない日は夜中にバリバリ焼き海苔を食べて……。私、なにやってんだろう。

背筋が寒くなる心理テスト

友達から心理テストが回ってきました。良かったら一緒に考えてみてください。

まず、自分が家にいるところをイメージします。赤ちゃんが泣き出しました。電話と玄関のチャイムも鳴っています。加えて風呂の水が出しっぱなしなことにも気づき、猛烈にトイレに行きたくなった。あなたはどれから片づけますか？

私はまず、電話に出ます。そして「ちょっと取り込んでおりますので、後ほどかけ直します」と言いながら、同時にインターフォンを操作しチャイムに対応。少し待ってて欲しい旨を伝え、トイレへダッシュ。用を済ませて赤ちゃんを抱っこし、風呂の水を止めに行きます。

誰かを待たせたくはないから、電話とチャイムの対応を優先する。トイレは一分ぐらいなら我慢が利きますよね。赤ちゃんを泣かせておくのは可哀相だけれど、死にはしないだろう。風呂の水なんて、最後でいい。

私にはこれ以外の順番は考えられませんでした。なんとスムーズな動き。そう悦に入ってから、なるほど、どうりで私は未婚子ナシな訳だと妙に納得しました。

一方、心理テストを教えてくれた育休中の友達は、トイレ↓赤ちゃん↓チャイム↓風呂の水↓電話の順番。びっくりしました。自分が最初にトイレに行くことも、電話の対応を最後に回すことも、私にはまったく思いつかなかったから。

友達曰く、この心理テストで人生の優先順位がわかるのだそうです。赤ちゃんが象徴するのは「愛情」、電話は「仕事」、チャイムは「友人」、風呂の水は「お金」、トイレは「自分自身」。

私の優先順位は、仕事、友人、自分自身、愛情、お金となります。信ぴょう性は不明ながら、確かに私は仕事を最優先にして生きているし、友達のことはなにより大切にしているつもり。

一方、心理テストを教えてくれた友達は常々「働かなくても暮らしていけるなら仕事なんてしたくない」と公言しています。

友達は私の結果を見て言いました。「仕事が最優先なのに、お金が最後なの興味深いね」と。違うのよ。これこそが、仕事最優先の私を顕著に表している重要なポイントなのよ。私はこうやって稼いできたの。

電話とチャイムの主からの信用が担保できれば、水道代なんて簡単にカバーできる。そう、溢れ出る風呂の水は経費だよ。

心理テストの結果に至極納得すると同時に、このままだとマズいな、とも思いました。なぜなら、愛情が後回しになっているから。

愛情は手をかけずとも失わないで済むと、高を括っているのがバレバレだ。現に「赤ちゃんが泣いているのは可哀相だけど、死にはしない」なんて思ってしまったし。本当の愛情ってのはフルコミットメントしなければならないものなのに、腑抜けて胡坐をかいている自分にゾッとしました。

ところで、宇多田ヒカルは初恋を二度歌っていることをご存じでしょうか。一度目は大ヒットシングルの「First Love」。二度目は、二〇一八年に発売されたアルバム『初恋』に収められた「初恋」。こちらは息子への愛を歌った歌と言われており、狂おしい恋心をあれほど繊細に歌ってきた彼女をして《これが初恋》だと言い切っている。

彼女にそう言わせたのが息子さんの存在だったということです。

心理テストが言うところの「愛情」が子どもへのそれだとしたら、私は知らぬまま一生を終えるのかもしれません。ま、それはそれで。

人ってそれぞれ違うのね、意見が合わなくて当然ね、なんて軽い話で終わるはずだった心理テスト。最終的には自分の傲慢さにうんざりする結果になってしまいました。私はこのままだといつか痛い目に遭いますよ。

子どもを持たない人生を謳歌することと、愛情をないがしろにすることは別問題。愛情のメタファーである赤ちゃんをいの一番で抱きあげる人だけが、死に水を取ってもらえるのが世の常だ。

「らしさ」の深い落とし穴

《「孤独死」予備軍は、ないないづくし。あいさつしない、料理しない、親類に連絡しない、掃除しない、布団を畳まない、仲間がいない。》

独居老人と思しきお爺さんが、背中を丸めてちゃぶ台の前に座っているイラストに書いてあった言葉です。SNSで画像が流れてきました。こういうイラストはなぜか男性のほうが説得力を持つ。事実、孤独死の七割は男性だそうで。

「男ってそうよねぇ」と言いたくもなるけれど、ここはグッと我慢。というのも、世間の「女ってさぁ」に私はイライラさせられてばかりだし、その後に続く言葉の多くは、女の「持って生まれた性質」を表してはいないと思うからです。

ちなみに、「女ってさぁ」と揶揄されるあれこれは、「女はこうあるべき」を守ると自動的に起動する性質です。たとえば、「女は控えめなほうがいい」を守ると「女は決断力がない」という性質を帯びてくるように。

孤独死のアイコンが老人男性ばかりだと、「女ってさあ」と同じように、偏見を助長しかねないとも考えられる。あっちにはあっちの事情があるのかもしれないし。

唐突ですが、ここでラジオの話を挟ませていただきます。私が平日の昼間にパーソナリティを務めるTBSラジオ「生活は踊る」で、男性のスキンケア特集をやった時のことです。

最初は「朝は顔を洗わない」という男性の声が多いことに驚きましたが、回を重ねるごとに、素直にスキンケアを生活に取り入れた男性リスナーたちから好評を得ることができました。「スキンケア、とにかく気持ちがいい」んだとさ。「べき論」に従うよりも、五感で快を得たほうが継続しやすいので、これはいい話。

一方で「どんな理由があるにせよ、男がスキンケアなど言語道断」という苦言も番組に届きました。スキンケアごときで、なぜそこまで意固地になる？

さて、先述のイラストに話を戻します。女の「女ってさあ」が社会的に期待された性役割に応えた末の副反応だとするならば、男の「ないないづくし」は、これまでの

「男たるもの」に応えた結果なのではなかろうか？

一部リスナーからの「男がスキンケアだなんて！」の声が、理屈に則ったというよりも感情的な叫びに見えて、もしかしてこれは「とにかくそういうものなのだ」と押しつけられてきたのではないかと感じたのです。

ならば、これは女が陥れられてきたのと同じ穴です。私たちが意見を表明し、自由闊達《かったつ》に独立独歩で生きることを「女らしくない」とされてきたように、男たちは、スキンケアを始め自炊やエクササイズやおしゃれや整理整頓など、文字通り「身の回り」にまつわるあれこれに携わることを「男らしくない」と禁じられてきたのかも。

男性が世間的に唯一許された、自分の手で自分の体を慈しむ行為と言えば、マスターベーションくらいではなかろうか。あとは髭？

それ以外はことごとく女のものとされ、やれば男女どちらからもからかわれるという悪しきシステムがあります。「男のくせに髪の毛ばかり気にしてさ」とかね。だから、やらない。すると「清潔感がない！」となじられる。可哀相！

いまの若い人はそんなことはないだろうけれど、三十代半ばから上ぐらいは、この悪しきメビウスの中をグルグルしている可能性があります。ならば、老人になってから急にできるようになるわけがない。これ、彼らの自己責任にしていいのかしら？

加えて、男性の間で競争に勝つことばかりが尊ばれた結果、弱味はなかなか他人に見せられない。結果、仲間や親類縁者と疎遠な老後を迎えることになる。

ほら、あっという間に孤独死予備軍の完成です。男らしさを遵守《じゅんしゅ》して死ぬなんて、ちょっとバカみたいじゃない？　でも、女も同じかもしれない。「女らしさ」の副反応で、私たちはいつまで経っても自分に自信が持てないのだから。

これからの男に必要なのは、自分の体や生活の慈しみ方を覚えること。女は経済的自立。男も女も、旧来型の「らしさ」に囚われると命が危うい！

ウシジマくんと筋トレ

仕事仲間に二十代半ばの男の子がおります。同僚を「子」と表現するのは失礼ながら、下手したら産んでる可能性もある歳なわけで、そこは見逃してもらおう。

初めて出会った時、彼は漫画『闇金ウシジマくん』に出てくる債務者のような外見をしていました。顔色は悪く、年齢に似つかわしくない太鼓腹。腰穿きの破れたジーンズは一年以上洗ってないように見えたし、スニーカーもボロボロ。

長年の不摂生が祟り、胆石の手術を受けたこともあったっけ。食生活に気をつけて、と口を酸っぱくして言ったけど無駄でした。せっかく稼いだ金は風俗やタチの悪い合コンに消え、疑似母の私が心配になるようなことばかりしていたのです。

彼がこういう風になったのには彼なりの理由があり、幸せの形は千差万別で、本人が満足しているなら周囲がやいのやいの言うのは無粋。仕事には問題がなく、話すと当意即妙な返しが愉快な男です。つまり、放っておけばいいわけです。

にもかかわらず、私はお節介をやめられませんでした。彼が自分のことを丸ごとあきらめているように見えたから。そういう時はいいことなんてひとつも起こらないのを、私は身をもって知っている。悪循環の極みです。

可能性の塊なのにもったいないと心底思ったけれど、他人がどうにかできるもんではない。まずは生活を変えるきっかけが見つかりますようにと祈りながら、一年以上は見守っていたでしょうか。

さて、現在の彼は別人です。全身の細胞が三分の二ほど入れ替わった印象。バランス重視の食事を心がけ、「風俗に行く金と時間があったら、プロテインを買ってジムに行く」と言うありさま。

大変身のきっかけは、まさかの筋トレでした。番組の企画で始めたもので、最初は嫌々だったのに、いつのまにかどっぷりとハマっていました。いまでは腕にも胸板にもガッツリと筋肉がつき、本人はいたく気に入っている様子。食生活の改善でお肌もきれいになりました。人ってここまで変わるの⁉ と感動するレベル。

ちょっと前なら「筋トレに夢中になる男ってキモチ悪くない？」なんて声も聞こえてきましたが、流石にもうそんな時代ではないでしょう。女性にもジム通いしてる人が増えましたしね。

かく言う私も、筋トレを細々と続けています。筋トレが万能とはさすがに思いませんが、やってる最中は余計なことを考えなくて済むので、アイデンティティが自家中毒気味な人にはオススメです。頑張った分だけ結果が出るのもいいところ。頑張りが結果として返ってくるなんて、大人になったらそうそうないことですよ。

以前に比べて人の話に素直に耳を傾けるようになった（ように見える）彼を見て、改めてこう思います。自己否定に熱心な時は、誰でも簡単に馬耳東風モードになってしまう。そして、自己否定を解除するには、少しでいいから自分を好きになる必要があるということを。

自分の肉体を好きになるのって、自己肯定にかなり効果があります。私の経験上、なんでもかんでも無理して受容するより、変えたいなと思ったところを変える工夫をして、もっと自分を好きになるほうが、好ましい結果を生む場合が多い。それは肉体ではなく、考え方だっていいんですけどね。

肉体にしろ精神にしろ、変わるも変わらないも本人の自由。しかし、自分の身を粗末に扱う自暴自棄と不足があってもそれで良しと自己受容する朗らかな諦観はやっぱり別物で、その違いは「自分のことを好きか」ではなく、「自分に好きなところがあるか」なのかもしれません。

自尊感情の乏しい人でも自己愛は強かったりするわけで、昔の彼は、「自分が大嫌いで大好き」な引き裂かれ状態に自ら振り回されていたように思います。自力で変わったことで自信もついた様子。うらやましいなあ。

いきなり自分を好きになるのは難しい。でも「自分のここが好き」が見つかると、放っておいてもなりたい自分にどんどん変わっていくんでしょうね。面白いな。

スタイルよりも、生きるため

筋トレ、確かに流行ってます。私も同世代の筋トレ未経験者から「筋トレ、どう？」と尋ねられることがありますが、「始めて良かったよ」と答えると、相手はたいていがっかりした顔になるから面白い。「ようし、私も始めるか！」となる人は、正直ほとんどいません。

がっかりさんたちは、筋トレを始めた誰もが「やらなきゃ良かったよ」と答えないことに落胆しているみたい。ひとりでも「やめときな」と言ってくれれば、やらないでいられる理由ができるのに。

気持ちはよくわかります。私にとってのランニングがそれだから。「走らなきゃ良かった」と答えるランナーに、私はいまだ出会ったことがないもの。だから心底がっかりする。私は走ることが苦手なのだ。

そんな事情は当然知らないランナーたちは「始めたら楽しいよ」と、満面の笑みで畳みかけてきます。私はにっこり笑って、「走れる人にとっては、そうでしょうね」と、心でつぶやくのです。

私は昔から運動が苦手な子どもでした。正確に言うと、学校でやるような運動が好きではなかった。

走れば誰よりも遅く、お腹が痛くなってすぐに息が上がってしまう。球技は、まあ普通。しかし、走り続けられる持久力がないと、徒競走やバスケやバレーボールなどの学校スポーツは楽しめないと相場が決まっていました。

数少ない例外が水泳とスキーとローラースケートで、「できる」と言えるぐらいには上達しましたが、なにせ季節と場所を選ぶ。二十代に入ってからも、「運動は？」と聞かれれば、即座に「苦手」と答えていました。

三十代に入り、思いつきでボクシングジムにも入会しました。その頃の私はいまよりずっと頭でっかちで、ほとんど使わない肉体と、いつもフル回転の脳のバランスが非常に悪かったのです。

知りたい、見たい、食べたいなどの脳の欲望を満たすためだけに体を移動させている感覚が我ながら不気味になり、体を動かすために脳を使いたくなったというわけ。「だからって、ボクシングは飛躍し過ぎじゃない？」と友達には驚かれたけれど、これが案外良かったんですよ。グローブをはめてミットを思いっきりパンチするのは想像の五十倍くらい楽しく、私にとっての運動が初めて「ストレス」から「ストレス解消」の手段になりました。多い時は週に三回も通い、右肩だけが大きくなってしまったこともあったほど。

当時を振り返り、右肩が大きくなったタイミングで筋トレを始めていれば良かったのに！　と、悔しい気持ちでいっぱいになります。私は気づくべきでした。「力を使ってパンチを繰り出すという運動に、新しい楽しみを見つけたことの重要性に。そして、自分は筋肉がつきやすい体の持ち主だということに。

リングに上がりスパーリングをするようなボクシングができないまま、これ以上は上達しなそうだとうっすら気づいたあたりから、私の足はジムから遠のいてしまいました。あーもったいない。

ボクシングジムを退会してからは、再び運動無風の時代がやってきました。加齢とともに、体の線がどんどんだらしなくなっていきます。鏡に全身を映すことは苦痛以外のなにものでもなかったけれど、もうそういう歳なのだろうと、なにもせずに匙を投げました。

四十二歳くらいから、今度は体力がガクンと落ちました。無理が利くのが売りだったのに、いつまで経っても疲れが抜けない。これは困った。見た目の変化に悩んでいたのなんて、浅瀬でパチャパチャやっている程度の悩みだったのよ。思うように体が動かないことのほうが、ずっと深刻だもの。

これが老化か、と伏し目がちに生きていたら、ダンサーだった女友達が知らないうちにパーソナルトレーナーになっていました。そして、思い通りにならない体を持て余す私にド正論を吐きました。

「ムキムキになるためじゃないよ。スタイルを良くするためでもない。これからの私たちには、明日を生きるための筋肉が必要なんだよ。もっと切実な話なの」

生きるための筋肉。確かに、当時の私にはそれすらありませんでした。しゃがんだ姿勢から立ち上がろうとすれば、なにかにつかまってドッコイショとなるし、ちょっと歩けば腰が痛くなる。入念な部屋の片づけで筋肉痛になったこともあったっけ。明らかに、毎日をつつがなく過ごしていくための筋肉が足りない。

困ったぞとフリーズした私に、女友達はかまわず続けました。

「五十代の女性で、正座ができない人が結構いるんだよ。柔軟性がなくなって、大腿四頭筋っていう、太ももの前側の筋肉が伸びないの。ようやく座れてもあちこちが痛くて、今度は立ち上がれない」

なんてこった！　四十代半ば目前だった当時の私にとって、五十歳なんて「もういくつ寝ると」の距離にある年齢じゃないの。

見て見ぬふりは、もうできない。私は彼女のジムで、コアマッスルをメインに鍛える自重トレーニングを始めることにした。四十四歳の誕生日前夜に、最初の予約を入れました。

それから約四年経ったいま、私は器具を使うトレーニングにも手を出し、レッグプレスで一六〇キロの重りを十回上げます。これじゃボクシングジムで右肩だけ大きくなった時とおんなじだ！　なんに関してもほどほどで止められないのが私。

おかげさまで、しゃがんだ姿勢から立ち上がる時、周囲のものにつかまる必要はなくなりました。子どもの頃から一度もできなかった腹筋は、やり方を変えたらできるようになりました。太ももは太いままですが、パンと張っている。ピーマンのように垂れていた尻はずいぶんと丸みを帯びたし、ふくらはぎのむくみも減りました。相変わらず体重は重いけれど、それがどうしたという気持ちになれました。

　これでも最初は散々だったのです。動的ストレッチと呼ばれる、動きながら体を伸ばす動作だけで足が攣《つ》りそうになり、プランクは十秒も持たなかったもの。

　片足を前に出して踏み込むランジを一回やっただけで倒れそうになったこともあるし、足首と膝下に太いゴムチューブを巻き、中腰でカニ歩きしただけで翌日ベッドから起き上がれなかった日もありました。あまりに不出来な自分が許せなくなり、しばらくトレーニングをお休みしたこともあります。

　それでもやめなかったのは、体に微かな変化が起こり始めていたから。駅の階段が楽に上がれる。床に落ちたものを拾うのが億劫にならない。電車が急ブレーキを踏んでもよろけたりしない。あらやだ、「生きるための筋肉」ついてきたじゃん。

　筋トレの憎たらしいのは、やれば少しずつ結果が出るところ。これほど成果がわかりやすいものは、大人になるとそうそうありません。

続けていると、生活しやすくなるだけでなく、見た目も変わってくるから楽しい。

どんどんハマる人がいるのは、やった分だけ成果が手に入るからでしょう。気づけば、健やかな自尊感情まで育っている。これよ、私がずっと求めていたものは！

なりたい体のシェイプによってトレーニングも変わるので、ハマってからは理想の肉体の持ち主をインスタグラムで探すようになりました。海外ネット通販のアイハーブでプロテインだけでなくＥＡＡ（必須アミノ酸）も買い出したら、もう後戻りはできないかも。

そこまで言うなら、よっぽどスタイルいいんでしょうね！　と思ったあなた。私のインスタグラムアカウントをいますぐ見て欲しい。拍子抜けすること間違いなしだ。だって、普通だもの。

でもね、これでいいの。自分が満足すれば、それでいいの。「私はやればできる」という自信と、踏ん張りが利くようになった実感があれば、それで。

ちなみに、私が参考にしているのは海外のプラスサイズモデルたち。丸みを帯びながらもメリハリのついた豊満な肉体の持ち主たちは、誰もが筋トレに励んでいます。ただの過体重じゃ、プラスサイズモデルにはなれないのだ。

さあ、ダイニングテーブルに肩幅より少し広く両手をつき、三歩離れたところから斜めの腕立て伏せをしてみてください。胸がテーブルにつくギリギリまで体を傾けた時、お尻が落ちて背中が弓のようにたわんでいないでしょうか。

たわんでいるとしたら、それは「生きるための筋肉」が足りない証拠。しゃがんだ姿勢から立ち上がれなくなる日は、残念ながら確実に来てしまう。背中が丸まり、首が前に出てくる日もそう遠くないと言えるでしょう。

でもその体、正しい筋トレをすれば、必ず変わるのだ。さあ、どうする？

#今日の鍛錬

美しい手書きの文字が好きです。この場合の「美しい」は、いわゆるペン習字的な美文字だけでなく、バランスの整ったくせ字も含みます。

すべての大きさが揃い、ガイドラインに沿って書かれたようなグラつきのない手書き文字群。なにより造形として美しいので、内容が頭に入ってこないことさえあります。「書かれた」というより「描かれた」と表現するに相応しいバランスに、私はうっとりしてしまうのです。

そういう文字群が書ける人は、たいてい図を描くのも上手です。私は手書きの文字と手書きの図が大好きなんだ。

学生時代、クラスにひとりはいたでしょう？　シャープペンシルと赤ボールペン程度で、パッと見てわかりやすいノートがとれる人。憧れました。あれはセンスですよ。努力で後天的に手に入る能力ではない。

私はと言えば、黒一辺倒で大きさの整わない文字がびっちり並んだノートか、色とりどりのマーカーやらボールペンやらを使い分け過ぎて、目がチカチカするようなノートしかとれませんでした。そもそも四角を四角く、丸を丸く描けないのです。絵心も配置センスもないのだから、仕方がないのだけれど。

元・博報堂制作部長の高橋宣行さんは『企画書は、手描き1枚』を始めとしたいくつかのビジネス書を出していらっしゃいます。ふんだんに掲載された手描きの図解はどれもべらぼうに整っており、私の興奮はクライマックスを迎えます。

図解のわかりやすさはもちろんですが、もはや「整ってるわー」と言うためだけに、彼の書籍を所有していると言っても過言ではない。眺めているだけで、こちらの心まで整っていくような気分。ああ、幸せだ。

残念なことにこの手の話を理解してもらえたためしが、私にはほとんどありません。「ああ、こういうのでしょ？」と見せてもらうと、それはただの美しいペン習字であったり、カフェの前に置かれたボードにチョークで描かれたイラストだったり、マスキングテープであしらいをつけたスケジュール帳だったりする。

違う違う、そうじゃない。私が求めているのはバランスの取れた文字と徹底的に実用的な手書きの図なのだ。ノーナ・リーヴスの西寺郷太さんが上梓した手書きノート本『伝わるノートマジック』も、鼻血が出そうになるくらい整っており最高です。

残念なことに、私が求める手書き文字や図は、ネットではなかなか見つかりません。インスタグラムの「#美文字」や「#手書きノート」を押しても、望んだものはひとつも出てきません。むしろ、私の苦手なそれらがわんさか出てくるから困ったもんだ。

私の苦手なタイプとは、第三者からの「きれいだね」とか「すごいね」という言葉をビンビンに意識した、見た目重視のスケジュール帳やノート。造形美としては画一的で、説明をわかりやすくするためでも、誰かに伝えるためでもなく、他者に向かって充実を装うための虚飾が施されている。そういうのを見ると、思わずウゲッと声が漏れてしまうのです。我ながら意地が悪い。

でもさ、よくよく考えると胸がキュウッともなるのです。スケジュール帳に装飾をする余裕があるということは、予定がそんなに詰まっていないということの裏返しでもある。堂々と予定を他者に見せることができる生活を送っているとも言えます。

私のスケジュール帳なんて、ＴｏＤｏリストだらけで装飾する隙間がない。整っているとはとても言えない乱暴な字で、締め切りや打ち合わせの時間が書きなぐられております。

それが果たして「美しい」のかと問われれば、ＮＯというしかありません。忙しいだけで、私の生活は美しくはないのだよ。

紙面にも心にも装飾する余裕があることは、悪いことではありません。だから「ウゲッ」には多分、羨望も含まれているのでしょう。自分のスケジュール帳やノートを彩る時間が持てる人たちがうらやましい。

羨望を苦手にスライドさせるのはよろしくない。素直に認めていかなくちゃ。

ありがたいことに、文章はセンス以上に鍛錬でどうにかなります。手書き文字のほうはあきらめて、ぐちゃぐちゃのスケジュール帳に走り書きしたメモを元に、今日も鍛錬するしかありません。

#今日の鍛錬

私にもその価値があるかもしれないのに

ブルーノ・マーズとカーディ・Bのグラミー賞パフォーマンスを観ながら、私はため息を吐きました。カーディすごい。あっという間にセレブの空気に馴染んでる。カーディ・Bは、いまアメリカでいちばんヒップな女性ラッパーです。インスタグラムでの歯に衣着せぬ物言いで頭角を現してから、リアリティ番組の人気者を経てスターになるまで、たったの二年。二〇二〇年に発売したシングルは大ヒット。テイラー・スウィフトを引きずり下ろし、「ビルボード・ホット１００」で一位を獲得しました。愛嬌のある顔とスイカのように大きな胸とお尻が特徴で、どちらもお直し済みなことは本人が明け透けに語っています。なにより圧倒されるのは、どんなチャンスも摑む並外れた瞬発力と、剝き出しな欲望。そしてセレブ然と振る舞える胆力。もちろん、ラッパーとしての才能ありきですが。

　カーディは元ストリッパーで元ストリートギャング。それを隠しもしません。単独女性ラッパーがビルボード・シングル・チャートで一位を獲得したのは、優等生然としたローリン・ヒル以来十九年ぶりでした。啓蒙的な存在よりも、明け透けなほうが受けるのは時代でしょうか。ブルーノ・マーズとパフォーマンスした「フィネス　feat．カーディ・B」は、九〇年代を存分に意識した仕様となっており、私にとっては懐かしく嬉しい限り。と同時に、自分が二十代の頃の流行りがリバイバルするようになったのかと戦慄もします。

　またある時は、グランドハイアット東京のエレベーターで、某有名ヘアメイクさんと一緒になりました。セレブ御用達のNAGOMI SPAがある階で颯爽と降りていった、その後ろ姿の眩しいこと。なるほど、カーディほど明け透けではないけれど、あなたもセレブな自分を素直に拡張できるタイプなのね。すごい。みんな堂々とキラキラしてる。やりたいことを素直にやって、その見返りをいまの自分に値することとして、しっかり真正面から受け止めている。

　たとえば学芸会の主役、たとえば生徒会長。与えられた（もしくは獲得した）輝かしい役割を、スポットライトのもとなんの躊躇もなく全うできる人がいます。一方、昨日までとは違う景色に狼狽《うろた》え、へへへと頭を掻いて後ずさり、ライトの外へ逃げるタイプも。私は後者です。

カーディと有名ヘアメイクさんを見てため息が漏れるのは、私のキラキラ火種がくすぶっているからにほかなりません。二人とも、新しいステージを存分に楽しんでいるように見えるから、うらやましいのよ。結局、やってみたいのよ。

さまざまな好機に恵まれ、ありがたいことに過去には考えられないほど厚遇を受けることも増えました。プレゼントをいただいたり、会いたい人にすぐに会えたり。しかし、どうにも居心地が悪くて仕方がない時が、少なからずあるのです。列に並ぶ人たちをさしおいて、先頭からサッと割り込みをさせてもらうような気まずさにいたたまれなくなる時が。だって私、ついこの間まであの列に大人しく並んでいたんだもの。もしかしたら知らないうちに特別扱いに慣れてしまい、不遜になっているのではないかという疑念もある。確かめようがない。名ばかり部長みたいになってたらどうしよう。あーあ、私だって衒《てら》いなくグラミー賞でパフォーマンスしたり、NAGOMI SPAで癒されたい。いや、もののたとえとして。

褒められるのは嬉しいが、注目されるのは嫌。キラキラしたいけれど、あんまり見ないで欲しい。わがままが過ぎますね。やりたい私と、やったあとを恐れる私。やった私を咎める私、なんてのも未来にはいるでしょうね。もう家に帰りたい。

私には、キラキラした存在に対する憧れよりも、キラキラ欲を隠さず、スポットライトを浴びた自分を楽しみ、拡張していける精神に対する憧れがあります。キラキラを思う存分に味わえる健全な精神が欲しいのです。

いまの自分とこれまでの選択にはなんの不満もありません。でも、キラキラに恐れがなかったら私はどうなっていただろう。テレビの出演依頼も断らなかったのかしら。芸能人と知り合ってすぐ、一緒に旅行へ出かけたりしたのかしら。

いやいや、興味のないことはやらなくてもよいし、匿名性は一度失ったらいくらお金を積んでも買い戻せない高価なものだから、保持していたほうがいいに決まってるじゃない。すっぴんのままコンビニに行っても誰にも気づかれない人生のほうが、楽しいに決まってる。これでいいんだよ、これで。

こうやって鼻の穴をしぼませたり膨らませたり、私はいつまでくすぶり続けるのでしょう。七十歳くらいでドレス着て、歌を歌い出しそうな予感がある。

三度目の不倫会見を見た

朝、何気なくテレビをつけると、流れてきたのはワイドショーの芸能ニュース。いつもの光景を観るでもなく観ていた次の瞬間、私は画面から目が離せなくなりました。とある女優が不倫疑惑を受けて、記者会見を始めたのです。

私の目の黒いうちに、この方の三度目の不倫釈明会見を見ることになるとは思わなかった。やるわね、あなた。なんだかきれいだし、凄みがあるわ。

婚外恋愛、いわゆる不倫に諸手を挙げて賛同する気はありませんが、当事者以外が居丈高に断罪するのもどうかと思います。誰と誰が道ならぬ恋を育もうと、家族や大切な友達でもない限り、ほとんどの人には関係のない話ですから。

まあ、そんなことはみんなわかっている。だからこそ、その手の話は部外者で盛り上がってしまうのでしょう。婚外恋愛において当事者が背負うリスクは法外ですが、傍観者はノーリスク。このリスク格差が大きいものほど、下世話なネタは熱を帯びる。

結婚して家庭を築くことは、社会という共同体を維持し、発展へ導く妥当な手段と考えられています。

しかし、それと「恋に落ちる」の相性はすこぶる悪い。だって、磁石のように互いが惹きつけられた挙句、不可能を可能と読み違えて見切り発車するのが恋ですし、恋には終わりが来ます。そんな不安定なものに共同体の維持を任せるわけにはいかない。

自制心が強く、一時の感情に惑わされることもなく、しっかりした倫理観に基づき常にいちばん大切なものを選べる人ばかりでもありません。恋に落ちてしまいがちな人、というのも男女問わずおりますしね。

繰り返しになりますが、不倫を肯定するつもりはありません。できることなら、やめておいたほうがいいに決まってる。

ただ、未来永劫、色恋に限らず常に正しいほうを選べると、私は自信を持って言えないのです。だから、どうにも尻の据わりが悪い。誰にだって、他人に言えない過ちや後悔のひとつやふたつ、あるでしょうし。

そもそも、彼女と私にはなんの関係もありません。それでも気になって仕方がないのは、思うままに振る舞える、否、そうとしかできない彼女の姿を、どこかでうらやましく思っているからなのか。だとしたら、私は浅ましいなあ。

ワイドショーは、彼女の過去二度の不倫会見も放送していました。なんて下品なんでしょう。まったくもって目が離せません。

不謹慎ですが、一度目も、二度目も、そして今回も、彼女は吸い込まれるように美しかった。憔悴し平身低頭で謝罪することが求められる場面にもかかわらず、誰も知らない山奥の湖のように澄んだ瞳で、まっすぐ前を向いている。

間違っていたかもしれないけれど、恋した心に嘘はなかったという表情。思わず気圧されてしまいそう。後悔、してないんだろうなあ。

中年にして清楚な色気を駄々洩れさせる彼女には、しっかりとおばさんになった時期がありました。恋とは無縁の、どっしりとした風格の持ち主になった時代が。

いつの間にかスッキリ痩せ、きれいになって帰ってきました。恋をするのに容姿の足切りは不要だけれど、誰かが彼女と恋に落ちても、不思議ではない風貌でした。

そして、恋に落ちた。落ちてしまったのであった！

相手に対し好意めいたものがあったことを認めながらも、一線を越えたか否かの問いには「そういうことではありません」と彼女は答えていました。

過去二回の不倫と異なり、彼女には家庭があります。いままでにない歯切れの悪さに、失いたくないものがあることが透けて見えたような気がしました。いちばん大切なものがなにか、わかってしまったのだろう。

ところで《ごめんね 今までだまってて 本当は彼がいたことを》の歌詞、浮気相手の男に向けて歌ったものと思っていましたが、これ夫に対して歌っていると仮定すると、胃が痛くなりますね。なんで私の胃が痛くなるんだっつー話ですけれども。

「怒ってる?」って聞かないで

パートナーから「怒ってる?」と尋ねられるのがなにより苦手です。怒ってない時に限って、そう聞いてくるから。過去、相手が誰でも何度も同じことがありました。聞かれた私は、当然それを否定します。怒っていないことを示すために微笑みながら。しかし先方は「嘘だ。怒ってる」と平気で畳みかけてくる。非常に厄介。

だいたい、「雨降ってる?」「降ってないよ」「いや、絶対に降ってる!」とか、「お腹空いてる?」「空いてないよ」「嘘つき!」なんて会話は存在しないじゃないですか。相手が否定したら、それを尊重するのが筋ってもんだ。なのに「怒ってる?」だけは、尋ねたほうがそれを決める仕組みになっている。おかしい。おかしすぎる。

先方にしてみれば、笑みを湛えた私がなお不愉快そうに見えるから何度も尋ねるのでしょうが、私には怒り以外にもネガティブな感情のバリエーションがあるのです。たとえば失望、落胆、傷つき、悲しみ。それらを十把一絡《じっぱひとから》げにして怒りの箱にまとめられることが、なにより腹立たしい。「怒ってる？」と聞かれた瞬間に、ドカンと怒りが湧いてきます。私に言わせれば「あなたに尋ねられた瞬間から怒りが湧いてきた」のだけれど、奴らは「ほら、やっぱり怒ってる」となぜかしたり顔。

怒りは恥ずべきことだとでも言いたげに、うっすらと嘲《あざけ》りを漂わせてくるもんだから腹が立って仕方がない！　勝手に怒ってる認定をした上に批判をするなんて、ルール違反にもほどがあります。

彼らが、失望や落胆や傷つきや悲しみという感情の存在を、知らないわけはないのです。ではなぜ「怒ってる？」に集約させてくるかと言えば、相手の失望や落胆や傷つきや悲しみを認めると、自分が加害者であることを認めなくてはならなくなるからではないでしょうか。悪者になりたくないだけなんじゃないのぉ？

怒りを劣等な感情と設定し、それをチャカすやり方は、ある種のトーンポリシングだとも言えます。トーンポリシングとは、被害に遭った人が怒りをにじませ主張したことに「そんなに怒らないで」と、発言の内容に耳を傾けないまま話者の態度をたしなめること。怒りを表明された側は面喰らってそう言ってしまうところもありましょうが、怒ってる人にしてみたら、態度を修正される謂《いわ》れはないわけです。怒りに任せて発言したリスクは、一部本人が負わざるを得ないってこともありますけども。で、私はまったく怒っていなかったんですよ。いまは怒ってるけど。しかも思い出し怒りだけど。

私なら絶対にこんなことをしないのに！　と怒髪冠《どはつかんむり》を衝《つ》いた瞬間に思い出した。やってた。幼い頃、母親に対して。

「怒ってる？」と聞くと、母はたいてい「怒ってませんよ」と仏頂面で言ってたっけ。それを見て「やっぱり怒ってる！」と私が少し得意げになったのは否めない。

いま思えば、母は私の不義理に落胆し、傷ついていたんだろうな。私は私で、自分が母親を傷つけたことを受け止められなかったんだろうな。幼かったとは言え、もう少し素直に謝れれば良かったのに。

なんの因果か、数十年を経て巨大なブーメランが額に刺さってしまったような気持ちです。お母さん、がっかりさせてごめんね。

正義と仲間は相性が悪い

公的立場に相応しくない振る舞いをした人が役割から解任されるのは当然のことなのに、「キャンセルカルチャー」と名づけられ悪しき習慣のように扱われることに、やや疑問があります。

と同時に、該当者の「相応しくない振る舞い」をどこまで過去に遡るか、訂正や謝罪は受け入れられるのかといった問いに関しては、ていねいに考えていかねばならないとも思います。なんでもかんでもごっちゃにしすぎ。

お仲間がかばい合って不正をなかったことにするのも、オーバーキルが横行するのも、私が望む社会ではない。立ち返れば、性別や人種や国籍、性的指向といった自分の意思では変えられないことに由来する差別、不当ないじめやハラスメントを放置しないことがなによりの原理原則でしょう。

さてさて、公的立場に関しては、この原理原則に異論を唱える人はいないはず。しかし、これが「私的な立場」となると一気に景色が変わるんですよ。

次のお話、ご自身の身に起こったこととして考えていただきたい。あなたの十年来の友人グループに、普段はいいヤツなのにお酒を飲み過ぎるとウザ絡みをしがちなAさんがいます。いい奴ではあるのですが、たまに暴走する。

ある日のこと、あなたはほかのメンバーとは面識のないBさんを連れて、みんなとの集まりに参加しました。Bさんなら波長が合うと踏んだからです。

あなたの予想通り、Bさんは友人グループと楽しい時間を過ごしました。その後もBさんは何度か集まりに参加しました。しかしある時、しこたま飲んだAさんが豹変。かなり失礼な絡み方をして、Bさんをひどく傷つけてしまいました。

後日、あなたは改めてBさんに謝罪しました。するとBさんは言いました。

「集まりは楽しいからできればまた参加したいけれど、Aさんも来るんだよね？」

さあ、ここからが問題。あなたはBさんになんと答える？

「Aさんも来ると思う。ごめんね、悪い奴じゃないんだけど」とAさんを庇《かば》う？

「おっしゃる通り！　Aさんには来ないでもらおう」とBさんに同調する？

「Bさんにちゃんと謝罪して許しをもらってくれ」とAさんに提案する？

ウザ絡み事件から一か月後。うやむやなまま再び集まる話が持ち上がったとして、あなたはBさんには声をかけるでしょうか。正義の視点から見たら、きちんと許しをもらうか、出席を控えるかするべきはAさんです。Bさんは来たがっているのだし。

「ああいうのやめなよ」と注意するぐらいはできるかもしれない。けれど、正義を通すためにAさんをグループから排除したり、改めて機会を設けAさんからBさんに謝罪させたりするでしょうか。つまり、正義を行使してAさんをキャンセルできる？

私が「あなた」の立場だったら、正直自信がない。

他のメンバーはやってくれません。Bさんを連れて行ったのは、ほかならぬあなたなのだもの。あなたがBさんを連れて行かなかったら起こらなかった事件だもの。

最近とみに思うのは、正義と仲間の相性の悪さです。仲間と呼ばれる関係性では、時に公正な判断が鈍くなる。

問題を起こしたAさんに私が強く出られなかった場合、いくつか理由が考えられます。付き合いが長いから、グループに波風を立てるのは気が進まないから、Aさんに助けてもらった過去があるから、などなど。

要は、このグループだけに関して言えば、Bさんさえいなければ、何事もなく元に戻れる。悪いのは圧倒的にAさんなのに、損得勘定が暗黙の了解で働いてしまうこと、無きにしも非ずではないでしょうか。

この通りの話ではないけれど、私はBさんの立場で深く傷ついた経験があるので、本来は正しくありたいと思ってはいるのです。それでも、すべての場面で正義を行使できる自信があると、高らかに宣言はできません。

公正さを欠く友情なんて悪だと断言できればいいけれど、人は誰でも間違いを犯すもの。自分がAさんの立場になった時、変わらず仲間でいてくれる友人がいたらどんなに心強いかわかりません。正しさでジャッジしない友情は、場面が変わればかけがえのない宝にもなる。これ、友達間ならば悠長に悩んでいられるけれど、会社や社会や政治や宗教となるとそうは言っていられない。どんな大きな組織にも〝お仲間〟意識はあるものです。どうしたもんかなと、頭を悩ませています。

傷ついた自分を手放せない日

被害者ヅラ、という言葉がありますね。被害者をフラットに指す言葉ではなく、被害者の立場を不当に利用している人に向けられる言葉です。実際に被害を被《こうむ》っていようがいまいが他者がそう感じたら勝手に認定されるパワーワードなので、取り扱いに注意が必要と言えます。

さて、日常の人間関係においては「被害者」と「加害者」の区別がはっきりしない場面がままあります。刑事事件にも民事訴訟にも至らぬことがほとんどでしょう。

恋愛なんて、特にそう。「被害者ヅラ」はこういう時にも使われがちで、私は人をそう決めつけたことも、決めつけられたこともあります。振り返れば、明らかに自分がそうだったと認めざるを得ないことも。

映画『ラブソングができるまで』では、落ちぶれたポップ歌手アレックスを演じるヒュー・グラントが、過去の恋愛に囚われていつまでも自分に自信が持てないソフィー（演じるドリュー・バリモアが最高）に発破をかけるシーンが秀逸でした。

元彼が書いたベストセラー小説で、悪女として描かれてしまったソフィー。自分自身と小説のキャラクターを切り離せないまま悩んでばかりの彼女に、アレックスはこう言い放ちます。

「そのキャラを失うのが怖いんだろ？　失ったら、キャラクターの陰に隠れていられなくなる。自分の足で立たなきゃいけなくなるからね」

なんとも耳の痛い台詞。ネガティブなキャラクターでさえ自身のアイデンティティになってしまうこと、私にも何度かありました。自己憐憫《れんびん》にはもってこいなんですよね、その手のキャラクター。自分で自分を被害者ポジションに拘留すると、ささくれを剝かれるような不愉快な痛みと、ぬるま湯に浸かっているような居心地の良さの両方が同時にもたらされたことを思い出します。

あれ、不思議ですね。最初は心の底から傷ついていたはずなのに、一日も早くこんな自分とはオサラバしたいはずなのに、だんだんと「傷ついている自分」を手放せなくなっていく。手放したら、自分がそこにいた痕跡すらなくなるのではないかと不安で仕方がなくなってしまう。正しい弔いが終わってないからなんでしょう。

でもそれ、周りの人にはバレバレなんですよ。あなたが思い出地縛霊になっていること。自己憐憫と自己陶酔のかけ合わせは、泥酔して風呂に浸かるような危険行為。どこかでエイヤッと見切りをつけなければなりません。

一方、略奪愛からの不思議な人間関係の展開を描いた映画『マギーズプラン』では、主人公に夫を略奪された元妻のジョーゼットがこんな台詞を吐いていました。

「はじき出された妻の役はごめんよ！」

なんとも力強い。演じるジュリアン・ムーアの格好良さったらないわよ。傷ついていないわけではもちろんないけれど、ジョーゼットは型に嵌められ憐れまれることをハッキリ拒絶しているのです。

被害者「ヅラ」とまではいかなくとも、被害者「役」なら、誰に頼まれたわけでもなく勝手に引き受けていること、誰にでもあるような。

家庭、職場、恋愛で損な役回りばかりと感じるなら、押しつけられた役なのか、手放せない役なのか、一度じっくり考えてみる必要がありそうです。

そうそう、『ラブソングができるまで』は劇中曲も魅力のひとつです。中でもヒュー・グラント演じるアレックスが、彼の元からいなくなってしまったソフィーに向けて歌う「ドント・ライト・ミー・オフ」が秀逸。“write off”には「サラサラと書く」という意味と同時に「切り捨てる」という意味もあります。アレックスは素敵なメロディーは書けても、作詞家ソフィーの歌詞なしでは作品にはならないわけで、それは二人の関係をも示唆しているのでしょう。

かけがえのない存在は、意外なところにいるもんです。自分に低い価値をつける人に囲まれてると感じるなら、その場からいなくなるのもネガティブキャラを捨てる方法のひとつ。

すべてを笑い飛ばす必要はないけれど、すべてをトラウマにする必然もない。明日はあなたのために来るのだから。

私はちょっと怒っているんですよ

少し前までは、「頑張った努力が成果として報われる」と言っても、異論が飛んでくることはありませんでした。が、いまは違う。

反論の主旨はたいてい「ならば、報われない人は頑張りが足りないとでも？」です。そんなことひと言も言ってないでしょうに。

これは「頑張った努力が報われる」に「報われないのは個人の資質不足」の誤ったルビが勝手に振られたから起こる悲劇。私はちょっと怒っているんですよ。言葉の泥棒が目に余るから。「頑張った努力が成果として報われる」を「すべては個人の責任」の言い換えに使うのは卑怯すぎる。

現実は、頑張れば誰もが等しく報われるわけではありません。頑張りの度合いや運や縁のタイミングもあるでしょう。

加えて、社会の不均衡、たとえば人種、性別、国籍などにまつわる差別のせいで、努力の成果に格差が出るから。その事実が、まるっと無視されているから。新自由主義がもてはやされ、極端な自己責任論がはびこったせいでしょう。

もう少し分解して考えてみましょう。「不均衡が存在するせいで、努力しやすい環境とそうでない環境に分かれてしまう」と「頑張った努力が成果として報われる」は分けて考えたほうが良いイシュー。混ぜるな危険です。また、どちらも社会の話で、個人の資質の話ではありません。これを矮小化し、「頑張れない人を責めているんですか？」と、個人に帰するのは筋が違う。

私は、頑張った人が属性に関係なく報われる社会になることを望んでいます。努力が成果に現れやすい社会って、結果的に不均衡が少ないはず。どっちもを目指したいのだよ。「頑張れる」ことが特権なのかを精査することと、「頑張った努力が成果として報われる」社会を目指すことは同時にできるはずだもの。

現実問題として、正論では御しきれないシビアな場面では、不均衡を前に正義を引っ込める技巧が必要になることもあります。悔しいけれど、一旦は撤退という場面。

そういう時も、あきらめたとは思っていません。

残念ながら、不均衡は一朝一夕には是正されません。だからと言って、「どうせ頑張っても私は無駄。社会が悪い」と、未知の可能性を自分で潰すのはもったいない。それこそ、新自由主義者の思う壺だもの。自分たちの仲間以外はすっこんでろってのを、手を変え品を変え言ってくるのが彼ら彼女らのやり方。

頑張りたいのは、手に入れたいものがあるからでしょう。ひとまず、そこを凝視しようではありませんか。努力は後ろめたいことではないのだよ。

私は「己の欲望を舐めるな」とも思うのです。誰かのせいにしても、そんなに簡単に、その胸に灯る火は消えませんよ。

「そこまで頑張りたくない。過剰に頑張らずとも、普通に暮らせればいいのに」と願う人もいます。そりゃそうだ。私も同意見です。けれど、それこそ生まれ持った属性由来の不均衡が当たり前の社会では、叶わぬ夢。

私は、言葉泥棒たちの巧みな誘導によって、努力や工夫の尊重を軽んじる社会になるのが怖い。「私は頑張れない人だ」と思わされるのも、「社会が悪いからなにを頑張っても無駄」と思わされるのも怖い。繰り返しになりますが、それこそ新自由主義者たちの思う壺だから！

　言葉の意味は年月とともに変化していくものなれど、本来の意味を取り戻さねばならぬものもある。ネガティブに使われがちな「おばさん」だって、本来は女の親族や中年女性をフラットに示す言葉だったはず。

「おばさん」と言われてしょげ返るのは、誰かの思う壺だもの。楽しい中年ことおばさんである私は、これもシレッと覆そうと画策中であります。

　打ちひしがれた夜には、アリシア・キーズの「アンダードッグ」がよく似合う。アルバム『アリシア』に収録されています。

　アンダードッグとは負け犬のこと。つまり、敗者。しかし「敗者は挑戦者でもある。好きなことをあきらめないで、いつか立ち上がれる」とアリシアは歌います。

　きれいごとと笑うなかれ。私は彼女の姿勢に励まされます。自分の可能性の芽を自分で摘むのだけはやめておくれ。それこそ奴らの……。

頑張れたっていいじゃない

言葉にできないモヤモヤって、どこを掻いても治まらない、皮膚の奥底でうずく痒みのようで気持ちが悪いものです。

だからこそ、ズバリ言語化された時のカタルシスはデカい。ああ、ここが痒かったのか！　ユリイカァァァァ！　と、絶叫しながらボリボリ掻ける。

つい先日まで、私にも、なんと表現したら良いか一年は悩んでいた案件がありました。ずっとモヤモヤしてました。

カタルシスは、ある日、予想もしなかった方角から突然やって来るもの。女友達と久しぶりにゆっくりお茶をしていた時、彼女がポツリと言いました。

「頑張れることが、まるで卑しいことのように言われる日が来るなんて、思ってもみなかった」

ユリイカァァァ！！　それだ。私の胸を黒い霧のように覆っていたモヤモヤが晴れ、その正体がついに目の前に現れました。

そう、頑張れることがまるで恥ずべき行為のように、口にするのはみっともないことのように扱われる昨今の風潮に、私はずっとモヤモヤしていたんだ。頑張れなくたっていいなら、頑張れたっていいじゃない。

働き方改革、大いに結構。ブラック企業、ダメ、ゼッタイ。しかし、仕事に限らず、頑張りたい人が自分の意志で頑張っていることすら、ゆるやかな迷惑行為のように扱う風潮に、私はモヤモヤするのです。頑張れる人を見ると傷つくと言われたら、陰でコソコソ頑張るしかなくなってしまう。それはそれでおかしいよ。

ドヤ顔の頑張りアピールは迷惑だし、周囲に強制もＮＧ。明らかに無理をしている人は、親しい仲間が止めてあげて。

だけど、自分の意志で頑張ってる人がちょっとため息を吐いた途端、「頑張れることばかりが尊いわけではないよ」と、優しい言葉でやんわり足を引っ張るのはどうなの。そこは「頑張ってるんだね」でいいじゃない。

一昔前の頑張りへの失笑ともまた異なる、不穏な同調圧力をここ数年感じます。「頑張り過ぎだよ」ではなく、「頑張ってるね。応援してる」と、温かいミルクティーを淹れてあげてもいいじゃない。なんで、たしなめるようなことを言うの。

UAの名曲「ミルクティー」にまつわる、うんと昔に音楽雑誌かなにかで読んだエピソードが、私はいまだに忘れられません。

当時、ムラジュンこと俳優の村上淳と結婚していたUA。家で歌詞を書くのに行き詰まっていたら、ムラジュンがそっとミルクティーを淹れてテーブルに置いてくれたらしい。ネットで探しても出てこないので、私の記憶違いだったらごめんなさい。でも、頑張ってる人への応援の形として、これって非常に理想的だと思うのです。

件の女友達は、頑張りをウザアピールするような女ではありません。なのに、そういう人の理解者さえ、とんと少なくなったように思います。「そりゃあなたは頑張れるからいいけど」のひと言で、あと少しでゴールというところで、長い列のいちばん後ろに並び直させられるような。

そもそも、世の中には真面目に頑張る人が多いように思います。「頑張れない」という人もいるけれど、往々にして頑張りすぎて疲れてしまっただけの話。

「そんなことない、私は全然頑張れなくて、後ろめたい」というあなた、大丈夫です。そんなあなたを支える言葉やコンテンツが、いまは溢れているから。あなたの時代だ。頑張れないことは、頑張れることと同じで特性みたいなものなのだから。

無理をしている人も少なくないため、安易に「頑張れ！」とは言えない世の中です。とは言え、頑張ることが楽しいって価値観、消滅させなくてもいいと思う。

頑張れないと思ったら「頑張らない」と言い直すのはどうでしょうか。可能／不可能の話ではなく、意思の問題にしてしまえば少しは気が楽になると思います。

マクドナルドで見栄張って

いい歳して、みっともない嘘を吐いてしまいました。本当に情けない。

あれは先日のこと。私はいつものように、仕事場で原稿を書いておりました。思うように進まず、こりゃ長くなるぞと覚悟を決めて、財布片手に街へ飛び出しました。夕飯を買うためです。

自慢じゃありませんが（つまり自慢）、我が仕事場は、港区のちょっとスカした地区にあります。歩いているだけで、モデルや芸能人とすれ違うのは日常茶飯事。

商店街には、ナッツ専門店、ニューヨークスタイルのピザ屋さん、ヴィーガンカフェ、おしゃれバーガーショップなど、概念としてのＴＯＫＹＯを体現する飲食店が、これでもかと軒を連ねている。

そんな中、私の行きつけと言えば、セブンイレブンとマクドナルド。いいですね、どこで買っても味が一定だ。不安がない。

話を元に戻しまして、街へ飛び出した私はマックへ一直線。はらぺこだったのです。ずいぶん前から、ダブルチーズバーガーを食べると胃もたれがすごいのに、しかも軽度のグルテンアレルギーなのに、私はいまだマックを食べてしまう。

ジャージのズボンとTシャツ、ゴムで留めたボサボサ髪で、ダブルチーズバーガーのセットをオーダー。ボーッと出来上がりを待っていると、後ろから「すみません……」と声をかけられました。

振り返ると、そこにはイマドキのヤング・レディが頬を赤らめて立っている。落とし物でもしたかと思いきや、「ジェーン・スーさんですか？　毎日ラジオ聴いてます！」とまさかのお言葉。あ、ありがとうございます！

そこに被せるように「ダブルチーズバーガーとダイエットコークとポテトLサイズのお客さま～」と高らかに響く店員さんの声。はい、それ私です……。

ちょっと主語が大きくなりますけれど、やはり人間の本質は、とっさの行動に現れますね。少なくとも、私はそうだ。

なにを思ったか、尋ねられてもいないのに、「こんにちは〜。スタッフと一緒にまだまだ仕事なんですよー」と、私は手にした袋を高く掲げました。まるで、食べるのは自分だけではない、とでも言うように。

なんと盛大な嘘。スタッフはもう家に帰ったし、私ひとりパソコンに向かい、バーガーにかぶりつくだけ。だいたい、どう見たってひとり分のオーダーだし！

私にはまだ、人から素敵&おしゃれに思われたい見栄がある。だからこんな場所に事務所を構えているのです。今回のことで痛感しました。

本当に格好悪い。彼女もそこに居たんだから、「マック美味しいですよね〜」くらいの余裕を持ってりゃいいのにねえ。オーガニックサラダを食べる日も、ないわけじゃないのになんて、いまだあきらめ悪く思ってるのも最低だ。

こんな時、誰だったら素敵なリアクションをするかなと考えて、思いついたのがビヨンセ。億万長者の中で、最もマクドナルドを食べていそうなセレブ、それがビヨンセだ。

事実「フォーメーション」という曲では、南部の少女からジバンシィのドレスに身を包むレディに成り上がった自分を尊大なまでに誇りつつ、《バッグにはホットソースが入っているわよ》と、地元をレペゼンするヤンキー魂も忘れないのがビヨンセ。
私もこういう大人になりたい……って、ビヨンセのほうが年下だけど。

執着するにも若さがいる

先日、年下の女友達が仕事場を訪ねてきました。あら、どうしたの。目が腫れぼったい。尋ねる間もなく彼女の大きな瞳は涙でいっぱいになり、表面張力に耐え兼ねたしずくがポロポロと頰に零れ、やがて一筋の線を描きました。あらら、ファンデーションが落ちちゃったよ。

なにか悲しいことがあったんだね。ようし、おばさんに任せなさい。なんでも聞いてなんでも解決しちゃう。私は腕まくりをし、彼女を椅子に座らせました。

「彼と喧嘩をしてしまって、ＬＩＮＥが一週間未読のままなんです」

絞り出すような声。なるほど、そりゃ心配だね。

このまま自然消滅してしまうのではと不安で不安で、駄目だとわかっているのに彼のことばかり考えてしまうのだそう。私は遠い目になりました。懐かしい。懐かしが過ぎる。どこへ行ったんだ、そういう日々よ。

彼女の彼は一回り以上年上で、むしろ私のほうが歳が近い。私は優しく伝えました。「四十歳過ぎの一週間は、ヤングの二日か三日だよ」と。

いやこれ、本当なんですよ。昨日は月曜だったはずなのに、なんでもう木曜日なんだ？　と己のタイムリープを疑うのは日常茶飯事。

一週間の未読は褒められた態度ではないけれど、そういうキャパの狭い男を選んだのは彼女だし、向こうは三日くらいにしか感じていないはず。

そんな私も、彼女と同じくらいの年頃には「メールの返信が二日もない！」と怒り狂ったことがあります。あんなヤツ放っておけばいいのよ！　といきり立ったままワンルームの偽フローリング床に突っ伏して、ウウウウウウと獣のような声を漏らしたことだって一度や二度ではありません。

四十代半ばにもなると、そういうことがほとんどなくなりました。年齢を重ねてものわかりが良くなったからではありません。執着を継続させる筋肉のようなものが、だるーんと弛緩してしまっただけの話。

加齢で衰えるのは、腹斜筋や内転筋ばかりではありません。思い通りにならないことに執着を継続させる力、つまり執着筋も著しく低下してしまうのです。結果、むせ返るほどの悪い妄想に現実がむしばまれることは、ほとんどなくなりました。なんと平和なことよ。加齢による筋力の低下には効能もある。泣き続ける彼女を見ながら、不謹慎にもそんなことを思いました。だけど、あの頃がちょっと懐かしくもあるわけです。マジでどこへいったんだ、あの筋肉。

三十一歳でひどい失恋をした時、半年以上も毎日聴いていた曲はジョン・レジェンドの「オーディナリー・ピープル」でした。

《これは映画でもおとぎ話でもない
僕たちは普通の人間なんだ
道に迷うこともある
だって特別な人間じゃないんだもの
もっとじっくりやろう》

なんて歌詞に励まされていたわけですが、早朝の表参道、この曲を聴き涙を流しながら犬のウンコを踏んだことは、多分一生忘れないでしょう。臭かったなぁ。

いま考えればあれは単なる執着で、関係はとっくに終わっていたのだな。こんなことを考えていたのは私だけだったと、いまならハッキリわかる。

「この恋がフェイドアウトになっても、相手を無理やり呼び出して詰問するようなことはやめておいたほうがいいよ。やったことあるけど、なーんにもならないし、嫌な気分になるだけだから」

励ますつもりで彼女にはそう伝えたけれど、先回りし過ぎだったかもしれません。

みんなで
アレの話をしよう

男女混合チームの仕事仲間と珍しく生理の話になりました。そう、月に一度のアレの話。生理の話を男性込みのグループと日常会話の延長線上でするのは、私も初めてのことでした。

なぜそんな話になったかと言えば、機嫌が悪いと「生理？」と聞いてくる奴ムカつくわーみたいな私たち女性陣の話に、「さすがに僕たち世代でそんなこと言う輩はいませんよ」と三十代半ばの男性が応え、とは言え生理のことはよくわからないんですよねぇとほかの男性がボヤいたので、ならば説明しよう、と女性陣が乗ったから。

学校で詳しく習うことも、自分がなることもないんだから、男たちが生理についてよく知らないのは当然と言えば当然。姉妹がいたって、その実態についてはよくわからない人のほうが多いはず。生命の誕生にかかわる大切なことと は言え、知られたくないっていう女性もいますしね。

若かりし頃、私も生理のことを異性に知られるのがとても苦手でした。同棲していた相手にすら、いつ生理中だか気づかれたくなかった。経血が着いてしまった下着をコソコソと洗面所で洗い、そのまま目につくところに干すのも嫌だと無理やり洗濯するものをかき集めて一気に洗ったり。

そのくせ、寒い日のデートが二日目にあたり、気にせず歩き回る男を「生理のつらさもわからないヤツ」と、軽く恨んだこともあったっけ。隠しておいて察して欲しいなんて、いま考えると都合の良すぎる話です。

とは言え、彼らがここまで知らなかったとは、私も知らなかったよ。ちょっと驚きました。知らないままでも生きてこれるんですよね、自分の身に起こらないことって。これは生理にかかわらず、すべてのことに関して言えると思います。

少なくともその場にいた男性陣は、生理は初日から最終日まで一定量の経血が流れ出るものだと思っていたし、ナプキンは朝と夜の二回替えれば済む話だと思っていた。軽い日、重い日、昼用、夜用、生理用ショーツなんてものが存在するとは想像もしていなかったらしい。なるほどねえ。確かにそこは、想像力や思いやりでカバーできる知識ではないかも。

経血量も生理痛の重さも、いつイライラするかも個人差のある話です。だから「こういうもの」とは一概には言えません。それが広く知られるのを妨げる要因のひとつになっているのかもしれないけれど、そろそろちゃんと共有したほうがいいと思うんですよ、生理の基礎知識。

不用意に触れると嫌がられるからと、腫れ物に触るような態度をとらせているうちは、真の男女平等なんて夢のまた夢だと思います。

二十代の彼女を持つ男性は、「ルナルナ」アプリをスマホに入れるよう彼女から言われたそうです。「私のメンタルが不安定になる時期を知っておいて」と。素晴らしい話だ。こういう時代が来ることを私はずっと待っていたのだよ。

しかし、そんな彼でも生理がどんなものかは知らないままだと言います。どんなことが起こるかわかっていれば、自然と気持ちに寄りそうこともできるだろうに。

ナプキンについての講義のあと、男性陣のひとりが言いました。「バリエーションが豊富なのはわかりました。で、一日目から最終日までに必要な種類が詰まったバラエティーパックは売ってないんですか?」。今度はこっちが目からウロコ。余るのも出てきそうだけれど、ちょっと使ってみたいかもという欲望が湧いてきました。

情報共有、大事です。「女にしかわからないこと」じゃ、もうダメなのでは?

「おかしい」と言うことの難しさよ

私には、見たくないものが見えなくなる特殊能力があります。風呂にはピンク色のカビなんか生えちゃこないし、ズボンがきつくなっても、体重計に乗らなきゃ体重は増えない。

こうやって不真面目に生きるのは楽しく、自分の心の動きだけに意識を集中させることができます。片づけねばならぬことや不都合に目を瞑れば「私は本当に幸せなの？」とか「こんなに胸が苦しいのはなぜ？」とか、湯船に浸かって自分のことだけ悩んでいられるわけです。ああ、今日も絶好調だ。

しかし、ちっちゃなウイルスのせいでいろんなことがドミノ倒しになり、さすがにカビが目につくようになってきた。言うまでもなく比喩です。昨日、ちゃんと眼鏡をかけて風呂掃除をしたもの。

我々は、出口の見えない不景気の荒波を、長年掻い潜って生きてきました。誰もが、自分のことだけで精一杯だった時代とも言えます。いまだって、人混みを避け、ワクチンやマスクで自衛するしか手がありません。

いやいや、マスクをするのは他者のためでもあるんでした。他者のための行動が、回り回って自分のためになる。まさに道徳の時間です。

と、言いつつ。「我が事のように他者のことを考えよう」を標榜するには、現行の社会のシステムや法律がちょっと頼りなさすぎることにも気づきました。

え、これいつの間にこうなったんだっけ。私が幸せになれるか、私だけの努力にかかる問題じゃなくなってない？

右肩上がりの好景気を望めないなら、利益拡大には経費削減が功を奏す。それが正しい合理化だと、経済が社会の在り方を決めてきました。理屈としてはわかる。結果、いざという時にバッファのない社会は脆弱《ぜいじゃく》だと、盛大にバレてしまった。

病床が足りない、保健所が足りない、福祉や補償が足りない。困るのは他者でなく、巡り巡って自分。一億総弱者は言い過ぎかもしれませんが、これほどまでに困っている人が溢れているのは、歴史的に見て敗戦直後ぐらいではなかろうか。

感染リスクを背負ってでも働きに出なければ生きていけぬ人がいる社会で、病気の蔓延を完全に防ぐのは不可能だもの。風呂のカビと違って、自分ひとりでどうにかできる問題ではありません。

自分のことだけで精一杯なのは自分だけのせい？　「自己責任」って、他人のことなど考えていられないという意味が含まれていない？

いままでの合理化って、いったい誰のためだったんでしょう。

冷笑が正解だった時代はとっくに終わったのに、注意していないと、私はいまだ斜に構えて社会と対峙してしまう。「そういうもんだよ」なんて、まるで他人事みたいな顔で躱《かわ》してしまう。そうやって無意識に我慢をしているとも気づかずに。

おかしいと思ったことに、「おかしい」と言うことの難しさよ。言葉を発しようとすると、のどがキュウと狭くなる。こんなにも心理的負荷がかかることだとは知りませんでした。冷笑のほうが百倍楽です。

一方、米国ではブッシュ政権時代に反政府色の強い発言をして干されたカントリー・ミュージックのバンド、ディクシー・チックスが奴隷制を彷彿とさせる「ディクシー」という言葉を抜き、ザ・チックスと改名してプロテストソング「マーチ・マーチ」を発表したっけ。ミュージックビデオの冒頭には《もし、あなたの声に力がないのなら、彼らはあなたを黙らせようとはしない》との文言が。熱い。

正直に言えば、私は死ぬまで自分のことだけを考えて生きていきたい。社会のことは、自分のことがある程度片づいてから。つまり、後回しにできればいいなと。

そんな悠長なこと、もう言っていられなくなったのかも。「社会に文句を言う前に自分の襟を正せ」と教わってきた自己責任論世代にとっては、試練の時です。

あれ、歪んでいませんか？

厳しい目線で他者をジャッジせず、穏やかに生きていきたい。常日頃からそう思っております。しかし、私は修行の足りない人間なので、たまに意地悪な目線で人を見てしまう。そういう時の私は、残念ながら輝いております。

さて、先日のこと。人の話を聞いていて、途中から謎の違和感に包まれました。耳に入ってくる言葉はそれなりに文章のテイを成しているのに、内容がうまく消化できずに脳が胃もたれしてきたのです。

友人と呼ぶには早い、親しい知人という距離の方。どうやら、以前は彼女のことを熱心に口説いていた男性が、いまは別の女性に夢中だと知ったらしい。

この話が「手近で済まそうとするあの男、まじでムカつく！」とか「付き合う気はなかったけど、知ってる子とイチャついてるのを見ると落ちる」とか「あの子はあいつが私のこと口説いてたの知らないはずだから心配だ」などの言葉が続いたら、「わかる！　でも、振った相手のことだしもう関係ないと思いましょう。あの方だって大人ですよ」と、背中をポンと叩くように励まして終わり。私の脳は胃もたれしません し、辻褄の合わない感情をあらわにできるなんて、素直でいいなぁと思います。

しかし、現実は違いました。親しい知人さんは「二人にはなんだか申し訳ない気持ちでいっぱい。彼の期待には応えられなかったけど、その寂しさから別の女性を口説いているなら私にも責任がある」と言葉を続けたのです。えええ？　どうしてそうなる？　クエスチョンマークが花火のように次から次へと浮かび、脳が完全に停止しました。

先方は至極当然といった風情でこういう話をしてきたので、即座に反論はできないムード。「はぁ〜ん」と適当な相槌で受け流すしかありません。友達でもないので「ちょっと、おかしなことになってるよ！」とも言えずにつらかった。

この違和感、なにかに似ているなと思ったら、少し前の加工アプリで顔や体を雑に修正しまくった画像を見た時のアレです。背景の壁やら家具やらが歪みまくっているのに、「歪みはないものとして認識して」と満面の笑みで押しつけてくるタイプの写真がたくさんあったでしょう。

いや、写真の加工はいいんですよ。私もやる。SNSで少々やる。写真における現実と画像の乖離なんてのはかわいいもんです。女にしてみたら、二度目の化粧みたいなもんだ。

しかし困ったことに、フィルターをかけることができるのは写真だけではありません。話を盛る、が現実フィルター加工の一例としてわかりやすいでしょう。あれは恐ろしいよ。

盛り方が過剰だったり雑だったりすると笑い話と判断できますが、いちばん困るのは、先述の「え？　どうしてそういう理解になる？」と首を傾げたくなるタイプの雑加工。話の背景が盛大に歪んでいる。

雑加工をしがちな男女に共通しているのは、どんな時でも世界の中心に自分がいると信じて疑わない強い心と、中心に自分を据えるためなら背景が歪《いびつ》になってもまったく構わない胆力、両方の持ち主であること。端的に言って、うらやましい。

と、ここまで書いて、ふと思う。この手の雑加工をする人々、本人は己の加工力の低さに気づいていない。わかっていたら、恥ずかしくてできないもの。

　ということは、私も無自覚に雑加工した「私にとっての現実」を世に放っている可能性が大いにあるわけだ。むしろ認知できるすべては、私の脳の中で既になんらかの加工が施されていると仮定しておいたほうがいいのでは。

　これは真実と事実の違い。事実はひとつしかないけれど、真実は人の数だけ存在するってやつ。

　忘れてはならないのは、主観をベースに導き出された真実には「事実とほぼほぼ一致している真実」と、「事実から遠く離れた真実」があって、自分の本心に気づかないでいると、「事実から遠く離れた真実」のほうに気持ちが転びがちになること。それが、「え？」の違和感を生む。

「え？」を回避するためには、自分と向き合い本心を見つめ続けるしか手がない。ピントが合わなくなってきた老眼持ちには負荷の強い話であります。

便器を覗いて青ざめて

夏の疲れが出たのか、最近の私は胃もたれがすさまじい。油っこい食事を続けているつもりはないけれど、明らかに油でもたれている状態。これはマズいと、家で食べる食事は、主に野菜＋鶏肉を蒸したものにしました。

これがなかなか功を奏しまして、すこぶる体調が良いのです。私の中に、蒸し（野菜＋鶏肉）＝健康、の方程式が誕生しました。

肉は鶏もも肉限定。野菜はキャベツをメインに、トマト、ニンジン、カボチャ、ナスなど、その時々で変わります。葉物野菜はちょっと高いんですよね、最近。そういう時は冷凍野菜を利用します。ブロッコリーやほうれん草など。

蒸したものに朝は塩を振っただけで食し、夜は豆乳を入れてスープ仕立てにしたり、クリームチーズを乗せてチンしたところに黒胡椒を振ったりして、味の変化を楽しみます。飽きることもなく、昼は好きなものを食べられるので、ストレスもありません。これをしばらく続けていれば、もしかして体重も減っちゃうかも⁉　なんて、淡い期待を抱いておりました。

蒸し（野菜＋鶏肉）メソッドを採択して数日後、トイレで出すものを出した私は、便器を覗いて青ざめました。

しばし茫然としたのち、意を決してポケットからスマホを取り出します。検索したのは、「下血」の画像。便座の下が、真っ赤に染まっていたからです。

私ぐらいから上の年代だと、ほとんどが昭和天皇の崩御を強く記憶しています。いま考えると信じられませんが、テレビでは毎日、昭和天皇のご病状を「吐血」「下血」などと詳しくニュース速報で報じていました。赤く染まった便器の水を見て、私は少しだけ死を覚悟しました。

大腸がん？　胃がん？　下半身丸出しのまま、不安な気持ちで画面をスクロールする私。でも、どうも違う。私の「下血」はなんというか、もっとポップ。

ハッと思い当たり、今度は「ボルシチ」の画像を検索。ああ、どっちかって言うとこっちに近い。マゼンタが強い。私はホッと胸を撫で下ろしました。不謹慎。

今朝の蒸し野菜には、ビーツを入れていたのです。紫に近い色素を持った、真っ赤な美しい野菜。味も食感も、ゴボウに似ていたような。この赤は、ビーツの赤。こんなに色素がそのまま出るなんて知らなかったわよ。近頃はよく知らない野菜が増えましたね。安くなってたりすると、思わず手に取ってしまう。その結果がこれだ。

我ながら「馬鹿だなぁ」と思いつつ、この歳になるとそういう話を聞かなくもないので、やはり年に一度は人間ドックに入らなければならないと思いました。図太くなった中年も、内臓だけは繊細なのだ。

ゴシップは登山に似ている

私はゴシップが好きなクチです。芸能人の色恋沙汰や海外セレブのド派手な生活はもちろんのこと、表には出てこない同業者の評判や、友人知人のミニミニ事件簿に至るまで、興味本位で無責任な話をするのが楽しくて仕方がありません。

ここまで読んで「わかる！」となる人、「嫌だなぁ」となる人、どちらもいらっしゃると思います。しかし、そのリアクションだけで、私のご同胞か否かを見極めるのは難しい。

「ゴシップは苦手」と公言する人の、偏見に満ち満ちた、しかし悪意のない邪推に私がギョッとしたことは、一度や二度ではありません。そういう時は「あんた、それ十分に噂好きだよ」って、のど元まで出かかります。どの程度までのゴシップをヨシとするかは、人それぞれなのだと改めて思います。

ゴシップは登山に似ています。というのも、ひと口に「山登り好き」と言っても、どの程度の山を、どのくらいのペースで登るかは人それぞれだから。

相手のレベルを確かめずに同行すると、つまらない思いをしたり、逆に命取りになったりするのが登山。興味本位の噂話でも、同じことが往々にしてあります。

私が同行者に望むゴシップ登山ルールは、会話の揮発性が極めて高いことを了解しているか否かです。

たとえば、
・面白がりを多分に含んだ根拠の乏しい無責任な話であるがゆえ、ここで話されたことは他言無用であること。
・好き勝手なことを言っても、会話を終えたあとに噂のマトと対面した時には、探るような会話は控えること。
・どんなにひどい話でも、出自や属性によるレッテル貼り起因の差別的な表現はしないこと。
・「言わないでって言われたんだけど……」で始まる話は、言うとしても（言うんかい）登山ルールが守れる相手に限ること。

噂話に出てくるネタなんて、真偽のほどが不明な上に、人を構成する多面的な要素のひとつでしかありません。究極的には、私に関係のない話だし。そのあたりをわかった上で、ゲスに楽しめる人と私は頂を目指したいのです。アー！　四人以上の女友達と集まって、マスクなしの大声で無責任に何時間も話しまくりたい！

同じ登山スキルを持つと確信した相手に、それとなくゴシップ話を振ってみる。返答に期待通りの脚力がにじみ出てくると、ニヤニヤが止まらなくなるほど嬉しくなります。先日新たな登山パートナーを見つけ、私の登山欲は高まりまくっているのだ。

ねえねえ、カイリー・ジェンナーとトラヴィス・スコットのカップルって、絶対復活すると思わない？　あれ、話題作りだよね、絶対。とかなんとか。結局「オープンリレーションシップ（浮気ＯＫ）」という形でカイリーとトラヴィスが復縁した時には、ガッツポーズが出ましたよ。

ゴシップは人を惹きつけてやまないという後ろめたい真理を逆手に取り、セレブに成り上がったのが、カイリーもメンバーであるカーダシアン・ファミリー。カイリーもすごいが先駆者は次女のキム。夫カニエ・ウェストのミュージックビデオ「フェイマス」では、噂になった人や揉めた相手、その他お騒がせセレブや政治家の生々しい裸体人形と一緒にベッドで寝ている姿が、延々と映し出される始末。

悪趣味ながら、心の深淵を覗かれたようで背筋も凍る。有名になるって、ゴシップを投下し続けるってこと。飲み込まれたら一巻の終わり。

その後のキムは、振りまいたゴシップに自ら飲み込まれたのか、夫のカニエと離婚協議をするに至り、カニエもカニエでゴシップという魔法の杖を振り続け、社会的に問題を起こして贖罪がまだ終わっていないアーティストたちをニューアルバムでフィーチャリングしたことで、一線を越えてしまいました。

眉を顰めさせるような噂話には、人を惹きつけるのと同じくらい、人を破壊するパワーもある。ゴシップは用法用量を守って正しく服用するに限ります。

昨日の当たり前は今日の非常識

望まぬ炎上が絶えず繰り返されているというのに、いまだ広告表現における企業の価値観アップデート格差が激しすぎる！　なぜこれが社内会議で通ったのかと、不思議で仕方ないものもありますね。老婆心ながら、なんらかのセミナーを会社全体で受けたほうがいいと思うのだけれど。

先日は、黒人女性の素敵なアフロヘア写真の横に「ツヤッツヤのサラッサラになりたい。」というコピーをつけた美容院専売商品のポスターが批判されました。ダメだろ、当然。

特定の人種（アフリカ系）が持つバイオロジカルな特徴（カーリーヘア）を、該当する人種に属する本人（ポスターのアフリカ系女性）が否定しているとみなされる文言（ツヤッツヤのサラッサラになりたい）の広告表現を、ほかの人種（日本人）が作成するなんて、言語道断。

本人がそう望んでいるなら、問題ないのです。我々にたとえるならば、アイプチしたい一重の人はすればいい。しかし、一重のアジア人女性がどかんと写る写真の横に「クッキリでハッキリの二重になりたい」なんてコピーをつけたポスターを、二重が良しとされる文化圏の非アジア人が作ったら、ムッとするでしょう。

差別する意図はなかったとメーカーが表明し、ポスターは回収されたようですが、差別って意図のないところにたくさんあるもの。

私にも当然、無自覚な差別意識があります。思わぬところでヒョコッと偏見や差別意識が顔を出し、顔面蒼白になったことは一度や二度ではありません。だから、日々学んでいかないといけないのだけれど。

ついこの間までの当たり前は、今日の非常識。突然ルールが変わったのではありません。以前からダメだったことが、はっきりダメと認識されるようになったという話。

さて、少し前のことになりますが、私は乃木坂46の山下美月さんが出演していたマウスコンピューターのCMが大好きでした。

社内ＰＣ買い換えの見積もりを見て、あまりの高額度合いに意識を失った社長が運び込まれた救急病院で、対応するのが山下美月さん扮する医師。

「ハイ、処方箋」と、お手頃価格のマウスコンピューターを勧めるわけですが、医師である山下さんの衣装が、えんじ色のスクラブ、ボトムスは当然パンツ、その上に白衣なんですよ。髪の毛も、後ろでひとつに結んでいました。

ようやくここまできたか！　と、私の心が感激でブルブル震えました。五年前なら山下さんは性的魅力を前面に押し出したセクシーな女医役だったろうし、十年前なら清楚な看護師役だったでしょう。

アイドルと呼ばれる女性が、旧来型のステレオタイプではない、アップデートされた女性の役柄とスタイリングで出演するＣＭ。大袈裟かもしれないけれど、あと五年は待たなきゃ観られないかと思っていました。

二〇〇五年開始の海外ドラマ「グレイズ・アナトミー」から十五年ですよ。そう考えると、二〇〇八年に始まった日本ドラマ「コード・ブルー」は早かったな。

しかし、現実社会はもっとシビア。医学部の女性受験者が長い間、逆下駄を履かされ、ひどく差別されていた醜い事件は記憶に残っているでしょう。あんなの絶対に許されない。

かと思えば、五十代の男性著名俳優が研究者を演じるＣＭでは、二十代女性と思しき助手役のタレントさんが、アシスタント然として横に立っている。すべてが一気に変わるわけではないのですよね。この女性が四十代になった時、現実でもＣＭでも、研究者になってる時代が来ているといいな。

昔の私に教えてあげたい、夢の叶え方

今回は、不遜《ふそん》だけど大事な話。

コラムやエッセイを書いたり、ラジオでしゃべったりしているおかげで、会社員時代にはできなかった経験をさせてもらう機会が増えました。

見ず知らずの人からファンレターをもらうなんて、すさまじくモテてきた人でもない限りないでしょう。嬉しいねえ。励みになるし、時間を割いてくれたことに感謝の気持ちが溢れ出ます。

それ以外にもいろいろあって、憧れていた人に会えるとか、観たかった映画を公開前に試写で観せてもらえるとか、いわゆる厚遇に狼狽えることとも。ファストパスが各所から差し出されるような感覚で、世間的にはこれを特権と呼ぶのだろう。

こういったことが起こるのには、いくつか理由があります。まず、ジェーン・スーという存在を好ましく感じてくれた人が、ぜひ知って欲しいと自前のコンテンツや商品を届けてくれる場合。もうひとつがジェーン・スーに価値を感じた人が、宣伝や販促に私を利用できると考えた場合。こちらの場合ですと、仕事として発注される時もあれば、「気に入ったら紹介してください」とお願いされる時もあります。

私がいま受けている厚遇は、かりそめのものです。自分が会社員だった頃を思い出せばすぐわかります。実績や取引がなくなれば、徐々に消滅していくものです。厚遇とは異なる縁は、運が良ければ続いていくと思います。

話変わりまして。「夢を叶える」という言葉について。二年ほど前のことでしょうか、サイン会で「いつかジェーン・スーさんと仕事をするのが夢です」と言われました。僭越ながら、「ならば、私とは関係のないジャンルで頭角を現すのが手っ取り早いかも」と答えました。

私が会社員だった頃、夢の叶え方を教えてくれる人は誰もいませんでした。一生懸命頑張る、くらいしか私も思いつきませんでした。

夢自体がボンヤリしていたというのもあるけれど、私は何者でもないから、高望みしたところで叶いっこないと思っていたのもある。

この「何者でもない」という言い回し、振り返ると成長の足かせにしかなりませんでした。

確かに、チャンスや厚遇は「何者」に訪れがち。けれど、何者かどうかは他者が勝手に決めることだったのです。これは知らなかったよ。自分で自分に「これなら大丈夫！」とＯＫを出しても、周囲は知らんぷり。そういう時は努力が足りないのかと思っていたけれど、そういうことではありませんでした。

逆も然り。自分ではまったくＯＫが出せないうちに、神輿に担がれ大通りに連れて行かれそうになる日もあります。私の場合、神輿に乗り続けるか、降りるかは気分で決めています。なんかやだなと思ったら即降りだぜ。

だから、「何者かになる」を目指すと道に迷うことになる。ある日ふと、ポストを開けて気づくのです。なんだか「何者」宛の郵便が増えたわねって。「何者」の表札は勝手に人から貼られるものでした。

もうひとつ、十年前には知らなかった法則があります。夢を叶えようと丸腰で真正面から突進するよりも、得意なことを見つけて頭角を現せば、勝手に名が世に出て自動的に会いたい人に会え、やりたいことができ、夢が叶う。忘れちゃいけないのは、自分はなにが得意なのかも、他者が勝手に決めるということ。好きなことと得意なことは、違っていいのだ。

まさかこんな仕組みだったとは。延々と異動願いを出しながら、ついぞ希望部署に移れないままサラリーマン生活を終えた、昔の私に教えてあげたい。憧れの部署で働きたいなら、別の部署で頭角を現すという手があったって。

夢があるなら、それが荒唐無稽なほど、いまの自分を評価してくれる場所を見つけ、そこで「あなたはこれが得意ね」と言われることをやり続けたらいいと思います。努力するなら、そっちのほうが楽しい。

やりたいか、やりたくないかの二択です

「インポスター症候群」という言葉をご存じでしょうか。成し遂げた結果に対し、自分に実力があったから当然の結果だったとは、どうしても思えない現象を指します。褒められても、昇進しても、なにかの賞をもらっても、たまたま運が良かったからだとか、自分には分不相応だとか、そういう風に考えてしまう。たとえ、その人の能力あってこその結果だった、というデータが目前にあったとしても。自己評価が低いのですね。

そりゃあ世の中、ひとりの力で成し得ることばかりではありません。チームで偉業を成し遂げた時などは、孤軍奮闘した時よりも喜びが増します。加えて、どんな時でも周囲の人たちに心が配れるのは、美徳です。

しかし問題は、インポスター症候群に陥りやすいのが、女性とマイノリティというところ。

数年前、私は長年の友人に本を書くことを勧めました。彼女は趣味で三十年にわたりアカデミー賞を見続け、独自に受賞予想をしています。全二十四部門中二十一部門を当てたこともあり、かなりの的中率です。

彼女の口から語られる受賞の法則やエピソードはとても面白く、本にまとめたら、多くの人を楽しませるに違いないと思ったのです。

しかし、彼女の答えは「こんな法則は、映画好きなら誰でも知っている」「これを面白いと思う人なんて、そう多くはないはず」とにべもありませんでした。

「私なんかが」「こんなもの」「○○なんて」というワード、私の周囲では女ばかりが使います。一方、男友達に「あなたはこれが得意だから、あれやってみたら？」と勧めてみて、「俺なんかが」と言われたことはほとんどない。

水を得た魚のようにいろんなアイディアを出してくれますし、興味がない時は、はっきりそう言われます。この違いこそが、インポスター症候群の有無なのでしょう。

私はいろんな女友達に、いろんなことを勧めまくっています。しかし、「それじゃなくて、こっちならやりたい」と答えたのは、たったひとりでした。

これ、結構厄介な話なのですよ。女は控えめなほうがいいという刷り込みを社会から受けた我々は、結果的にいつまで経っても自分には成し遂げる力があると信じられないばかりか、将来の可能性も信じられなくなってしまうのだから。はっきりNOが言えないのも、問題っちゃ問題だし。

すべてに気が回る控えめなサポート役は、おおむね喜ばれる存在です。しかし、そこだけが我々女たちの能力を発揮できる場所でもありません。

社会的に期待される役割からはみ出すと、不遇という罰を受ける場面があるのは不条理だけれど、強制的に割り当てられた役割ではないのも忘れてはならないところ。沁みついた奴隷根性のシミ抜きは、自分でやらなきゃ誰がやる。

できるかどうかではなく、やりたいか、やりたくないか。

そこを曖昧にしておけば、周囲に好感は持たれるかもしれない。しかし、あなたに好感を持った人が、あなたを幸せにしてくれるわけではないのですよ。

あ、ちなみに件の女友達の本は無事に出版され、重版もされました。ほらね、自己評価なんてあてにならないんだから。

中年の楽しいお買い物
～一触即発編～

やっちまったよ、久しぶりに。

その日、私はちょっと高級なルームフレグランスを買いにセレクトショップを訪れていました。

良くも悪くも家にいる時間が増えたのだから、新しいコートを買うより家の中を充実させたほうが賢明に違いない。こんな時代だ、いつもと違うところにお金をかけよう。スーパーの惣菜は値下げタイムを待つけれど、高級ルームフレグランスを定価で買えるくらいには頑張って働いていますし。

訪れた店には、見たこともないブランドのそれが所狭しと並んでいました。棒に鼻を近づけクンクン嗅ぐと、悔しいかな値段と香《かぐわ》しさは比例しているよう。高額になるほど、「バラの香り」とか「百合の香り」というようなハッキリした香りではなくなるのだから不思議です。棒という棒を鼻が曲がるほど片っ端から嗅ぎまくり、よくわからないけれど、ウッディーでいい匂いのヤツを手に私はレジへと向かいました。

レジまであと三十歩。そこで事件は起こりました。

私の目に入ったのは、とある老舗皮革ブランドのポップアップショップ。あら、発色のきれいなかわいらしいバッグがたくさんある。こういうのを持ってお出かけできるようになる日はいつ来るのかしら。

少し感傷的になりながら、私は小さなバッグをじっと眺めていました。勝手に手に取ったら怒られると思ったから。こうやって静かに見ていれば、店員さんが中を見せてくれたりするのではないかと期待して。

店員さんは、私の二メートル先に佇んでいました。何度か目が合いました。しかし、一向に近づいては来てくれない。昔は「見てるだけだから、店員さん来ないで！」なんて怯えていたけれど、歳を重ねるごとに厚かましさが踵の角質のように肥厚して、とりあえず見せてという気持ちになるのです。

店員さん、いつまで経ってもこちらに来ません。あ、これは舐められているな。私は絶対に買わない客だから、ぞんざいに扱っても売り上げに影響しないと思われている。店員さん、悪いけど私は舐められるのがなによりも嫌いなのよ。

「中を見てもいいですか？」

私は優しく声をかけました。店員さんは恭《うやうや》しく手袋をして近づいては来たけれど、売る気がないのがまるわかりの態度です。どういう商品で、どんな時に持つのがオススメかなどの提案を、一切しないんだもの。

偽の笑みを顔に貼りつけたまま巾着型のカバンを私のほうに傾け、中を開いて見せた店員さん。カバンの口がちょうど全部開いたあたりで、店員さんも口を開きました。

「二十万円になります」

買えないでしょう？　とでも言いたそうな声色。へえ〜そうなんだ、とたじろぎもしない表情で仁王立つ私。

こうなると、自分でも手がつけられなくなってしまうのが私の大人げないところ。心の中の小さな私が、戦闘モードに入った外側の私に「やめろーーー!!」と大きな声で止めてもダメ。

「じゃあいただきます、それ」

さすがに耳を疑いましたね。明らかに自分の声だったけれど。

店員さんの虚を突かれたような顔！　いま思い出してもニヤニヤしてしまいます。こんな雨の日に売り上げを計上できるんだから、もっと喜んだら？　と、私は鼻を膨らませていたに違いない。品がないねえ、買い物は勝ち負けではないのに。

馬鹿だなあとは思うけれど、品物はいいものだし、ちょっと欲しかったからヨシとしました。旅行にも出かけていないし、外食もほとんどしていない。この一年で、これくらいの貯蓄はしていたということにしましょう。

帰宅後にショッパーを開けると、巾着型バッグは思っていたよりずっと小さかった。まるで私の心の狭さが具現化して目の前に現れたようです。

購入してから一か月が経過しましたが、小さなバッグはクローゼットに仕舞われたまま。だって持って出かける機会がないんだもの。清々しい香りを振りまくルームフレグランスよ、なぜ私を止めてくれなかった。

中年の楽しいお買い物
〜運命の出会い編〜

細くて長くてシンプルなチェーンのネックレス。色は控えめなゴールド。そういうのが欲しい。でも、これがなかなか見つからない。

できれば、長さが異なる二連のがよろしい。しかし、ない。あっても短か過ぎたり、太過ぎたり。もう、あきらめるしかないのかしら。

そんな気持ちを持て余したまま夏が終わろうとしていたあの日、私は出会ってしまいました。思い描いていた通りのネックレスに、意外な場所で。

店の名をスリーコインズと言います。三〇〇円で三〇〇円とは思えぬものが買える夢のようなお店です。でもね、まさか細くて長くてシンプルな控えめゴールド色の二連チェーンネックレスが買えるとは思わなんだ。なんでもあるよ、スリーコインズ。

店の鏡で試着してみると、まるでシンデレラにおけるガラスの靴であります。つまり、なにからなにまでピッタリ。軽くて首に負担がかからないのも最高だ。

お値段がお値段ですから、切れたりすることもあるやもしれず。念のため二本買いました。お会計、六〇〇円になります。雑誌より安い！

あまりのピッタリ具合に興奮した私は、店を出るなり封を切り、歩きながら留め金も外さず被るようにしてネックレスをつけました。鏡張りの柱を見つけるたびに、ニヤニヤしながら立ち止まる。あら、控えめながらも厚みのある胸元に負けぬ存在感。これよ、これ。求めていたものはこのネックレス！

待ち合わせをしていた友人と目が合うや否や、まだ一〇〇メートルくらいは離れていたというのに「これ三〇〇円だったの！」とネックレスをつまんで前に引っ張りながら、つんのめるように自慢しました。友人も勝手知ったるで、「見えない！」と期待通りのリアクションをくれる。こういうのは阿吽の呼吸が気持ち良いですね。ありがとう、友よ。

出会った翌日からほとんど毎日、私の胸元を飾り続ける運命のネックレス。何度も何度も人に褒められました。そのたび「これ三〇〇円だったの！」のポーズを決め込むのがまた気持ち良い。「三〇〇円だったの！」の自慢までが三〇〇円だなんて、おトクが過ぎます。

さて、ここには加齢のトリックがありまして、もし私が二十五歳だったら、高く見積もってもせいぜい一五〇〇円くらいの品に見えたでしょう。

しかし、中年は違う。平気な顔で三〇〇円のネックレスをつけるとは、よもや誰も思わない。よって、安く見積もっても一万五〇〇〇円くらいには見えるのです。なんというマジック！ 三〇〇円を一万五〇〇〇円に化かす加齢なる奇術。五十倍ですよ、五十倍。

控えめなゴールド色のネックレスとは書きましたが、「ゴールド」とは書いておりません。多分、真鍮に薄く色をつけただけでしょう。そのせいか、何度か使っていたら、首に当たる部分が黒く変色してきました。でも、スリーコインズはひとつも悪くないよ。だって三〇〇円だもの。痛くも痒くもありません。

値の張る品ならば、お手入れにも細心の注意が求められます。しかし、三〇〇円ならそんな必要もありません。手元のスマホでググり、クエン酸で色を戻す方法を入手。おっかなびっくり度ゼロで、クエン酸を溶いた熱湯にボチャンと勢いよくネックレスを浸しました。

待つこと十分、なんと鮮やかに色が戻ったではないか。ちょっとピンクゴールドみたいになっているから、もしかして変色しただけかもしれないけれど。何度も言いますが、三〇〇円なので痛くも痒くもございません！

いやあ、楽しいねえ。これこそが『Ｏｌｉｖｅ』の提唱していたチープ・シックではなかろうか。人生折り返し地点にきて、ようやくそれを体得したということか。感無量とはこのことよ。妙齢の女性なら高価なアクセサリーをつけているはず、という世間の偏見を逆手に取って、人の目を欺きながら泳いでいく楽しさよ。

なにも入らない二十万円のバッグを買う愚行も、三〇〇円のネックレスを買う楽しさも、どちらも中年の贅沢と言えましょう。

とにかく、好きにやっていこう。それしかない。

ラブレター・フロム・ヘル、
或いは天国で寝言。

あの日、私はきまぐれにいつもと違う角を曲がった。曲がったところでドンとぶつかり、「すみません」と会釈し前を向き直す。「あれ？　どこかで会ったことがあるような」。訝しげに振り返ると、その人はもういなかった。気を取り直し、再び前を向く。すると、街中のビルボードやら交通安全ポスターやら、とにかく目に入るすべてが、さっきぶつかった人の顔にすり替わっていた。なにこれ、怖い。

私が人生初の推しに出くわした瞬間はこんな感じ。あ、リアルでぶつかったわけではないです。たとえるならってこと。ひと目見た瞬間に雷に打たれたとか、体中に電流が走る系のそれではなかった。平熱のまま、世界が切り替わってしまったのだ。ぶつかる前まで、自分がどんな世界で生きていたのか、もう全然わからない。

二〇二〇年の私は散々だった。ほとんどの人がそうだったろう。騙し騙し、工夫しながら新しい日常を味わう努力は楽しくもあったけれど、常に不安がつきまとう。仕事でもプライベートでもいろいろあって、私は少しずつ疲れていった。夏を過ぎたあたりにはもうアップアップ。

言うなれば生活排水垂れ流しの小川で、髪の毛に死んだ虫やらゴミやらを絡ませ、仰向けでダラダラ流されるままの暮らし。それでもやらねばならぬことは山ほどあり、ひとつずつ片づけていくしかないことは年の功が知っている。淡々と粛々と毎日を重ねていたら秋が来て冬が来て、年が終わる頃、ドンとぶつかった。

これまでだって、キツい経験をした私の命を明日に繋げてくれたのはエンターテインメントだった。悪霊退散とばかり、念仏を唱えるようにラッパーのＮａｓやＫＩＲＩＮＪＩ（当時はキリンジ）ばかり聴いたり、総合格闘家の青木真也選手を応援することで負けん気を養ったりした。ビヨンセにも大変お世話になっている。でも、今回はそのどれとも違う。

ちょっと前までの私は、尊いとか高まるとか沼とか、正直まったく理解できなかった。ハイテンションで語る友人はみんな幸せそうだったが、どうにもついていけない。「楽しそうで良かったね」とやや退き気味に眺めながら、そうはなれない自分を残念にも思った。没入できるものがあることがうらやましかった。しかし、ひとたび自身に降りかかってみれば「これが推しか」「ここが沼か」としか言いようがない。

笑顔が素敵な写真をぼんやり眺めていた初期は、いま振り返れば平和だった。動く姿が見たいと欲を出したのが間違い。検索に出てきたのは、板から降りた推しがバラエティ番組かなにかでしゃべっている姿。推し、明らかに挙動不審である。思ってたのと違う。

慌てて板の上の、つまり本来の推し動画を観た。推し、今度は体中の毛穴から自我が噴出し過ぎている。形の良いザクロが真ん中からぱっくり割れ、血豆のような赤黒いツブツブが剝き出しになっているよう。

グロテスクなのに、どこかユーモラスでもある。一挙手一投足、全力の支離滅裂から目が離せない。用意周到を気取り、他人につけ入る隙を与えぬ好戦的な私には、絶対にできない生き方だ。どうしよう、もう大好きだ。目の前には「推す」しか選択ボタンがなかった。で、何をすればいいんだっけ。

推し方もわからぬまま、それからは狼狽の日々。自分がこんなに気持ちの悪い人間だとは知らなかった。この欲望は食欲に近い。むさぼり食っていないと気が済まない。夢中でインスタグラムを遡ると、一、二年のスパンで姿かたちがガラリと変わっており、最終形態が見えない。二年くらい前のわかりやすい容姿でソツなくやる選択もあったろうに、いまじゃトーテムポールのいちばん上みたいになっちゃってるよ。まあいいけど、それがあなたのやりたいことならば。

「どう伝えるか」より「やりたい」が先走るあなたの姿は眩しい。私なんか上手に躱すことばかり考えて、何がやりたいのかわかんなくなっちゃったから。

フォルダはあっという間に推しの写真でいっぱいになり、スマホが動作不良を起こす。自分が撮った現実（＝推しより価値が低い存在）の写真をバンバン消去する。選りすぐりの一三四枚は別フォルダに移し、ぴったりの曲をＢＧＭにスライドショーを眺めながら「最高じゃん！」と雄叫びを上げ、私って本当に気持ち悪いと凹んでから床に就く毎日のスタートだ。

気持ちがヒートアップすると、女はクラフト好きになる。ほら、うちわとか。「推し活をするあなたを推すよ」と言ってくれた奇特な女友達と私も例外ではなく、二人の会話で使うためだけに、ＬＩＮＥスタンプを模した文言入り画像を二〇〇個も作った。手を動かさずにはいられないのだ。画像は「おはよう」から「おやすみ」までなんでもあるが、他人が撮影した写真を勝手に拝借し、切り刻んで好きな言葉を入れるなんて、胸を張って言える趣味ではない。自分と同じく多様なレイヤーを持つ人間であることを無視した、キャラクター消費という低俗な娯楽以外のなにものでもないし。

頭ではわかっているのだ。でも心が追いつかない。慎重であろうとする私を、歓喜のゴムまりになったもうひとりの私が跳ねるように追い越してゆく。辻褄なんて合わなくても、嘘がなければ私はどこまででも行ける。

立ち上がれないほどつらいことがあった日は、誰もいない仕事場の応接デスクの上に横たわり、スマホのアプリで推しの肩に猫を乗せ宇宙の写真と合成した。「大丈夫だよ」と文言を入れる。私の名前（本名）を呼んでいる吹き出しつき画像もこさえた。これじゃあ信仰だ。本当にどうかしている。だが、確実に救われている。

画像収集という偶像崇拝にやや遅れて有料配信に課金を開始。三〇〇本近くある動画を取り憑かれたように観た。推しの活動分野は未知のことばかりで、最初はなにをしているのかよくわからなかった。それでも観るのをやめられない。時間がどんどん溶けていく。呆れるほど幸せだ。歯科医に虫歯をギュンギュンやられた時は、推しに手を握ってもらうイメージで乗り越えた。想像上の推しは万年寝不足なので、私の手を握りながら寝落ちしていた。私は歯より脳に虫が湧いている心配をしたほうがいい。

素面《しらふ》と泥酔を繰り返し、ふと我が身を見ると、私はもう汚い小川で流されてなどいなかった。ザバッと立ち上がり、髪に絡まったゴミや虫を振り落とす。まだまだやることがある。やれることは全部やる。

ネットの記事や推しの文章はあらかた読んだ。玉石混淆の情報を大量摂取し、整理し、推しという塑像を一から造り上げる。やることなすことすべて楽しいが、危険水域に達しつつあることも自覚していた。だって、会ったこともない人のことを全部知っている気になってるんだもの。毎日推しばかり見ていたら、推しの体調までわかるようになった。そんなわけがない。

好き勝手な解釈を図々しくも「発見」と名づけ、理解が進んだと快哉《かいさい》を叫ぶ。過熱した推し活はライトな人権蹂躙だ。人を人とも思わなくなる瞬間が簡単に訪れる。愛情の多寡で言い訳できることではない。単なるファンとの違いはここだ。自他の境界線が曖昧になる対象が推し。推す側の人間性が顕わになるのが推し活。

やがて推しの仲間にも明るくなり、文言入りの画像が作りづらくなった。いままで「邪魔だから」と体を文字で隠したり、切り落としたりしていた人たちにも名前や物語がある。キャラクター消費とモブ扱いの終焉。推しと仲間のヒューマナイゼーション革命だ。

ある日、いつものようにＳＮＳを漁っていると、私の中であまり「ヒト化」されていない人物と推しが一緒に写っている写真に目が止まった。仲間ではないこの人にも物語があるとは推測できないのが私の下衆さで、「お、ラッキー」とバッサリ切り落とす。

そのまま漁っていたら、まったく同じ写真から私の推しだけが切り落とされた画像を見つけた。投稿主はおそらく私が切り落としたほうのファン。その時、他人が撮った写真を躊躇なくトリミングした己の傲慢さを恥じるとともに、この世はなんて素晴らしいんだと震えもした。

双方が「私の推しではないほう」を迷いなく切り落とせたのは、価値が相対的だからだ。故に、私の最高は私にとって絶対的で、あなたのそれもそうなのだ。切り離されたそれぞれの画像を元の一枚に戻せば、そこには嘘偽りのない最高が二人。あなたと私の最高は同時に存在し得る。

推しの名を明かさずにいたら、探し当てようとする人たちも現れた。誰もが見事に、自分がハマった沼の誰かを私が推していると信じて疑わない。みんながみんな、我が推しが生きる世界こそが究極だと信じている。私はとても幸せな気持ちになった。世界は「私のナンバーワン」で溢れている。推しのいいところを歌にしたら歌詞は一〇〇番まで続くだろうが、それを万人に楽しんでもらえるとは思えない。でも、それでいいのだ。

現場に足を運ぶようになると、愛情と悦楽は深まっていった。一丁前に批判精神まで芽生えた。健全なのか、厄介オタのとば口なのかはわからない。

知らないことは調べ、識者に質問を重ねること数か月。それまで意味をなさなかった、同じ沼に棲むさまざまな人の会話や文章が、情報として理解できるようになっている自分に気づく。まるで「ネイティブの会話が突然スルスルわかるようになったんです！」と興奮する通販番組のモニターみたい。推しのおかげで、新しい言語まで体得してしまった。そりゃ尊くもなるよ。推し本人の活動は、そのまま私の血肉になっている。

大なり小なり、誰もが心に重しを抱えて生きている。それを軽くできるのは自分だけだが、推しやエンターテインメントの存在がなければ、私にその力は湧いてこない。推しが後ろ盾となり新しいものの見方を覚え、私はとても豊かになった。金品と異なり、これは誰にも奪えない豊かさだ。ありがとう。

板の上に立つ者はそこに立ち続ける限り、光となり誰かを照らす。素通りされたり泥団子を投げつけられたりしても、あなたが自信を持って輝き続けることを祈る者の存在を、ゆめゆめ忘れないで欲しい。

あなたは尽きぬ魅力という銀の匙を咥えて生まれた、私の人類最オキニなのだ。

おわりに

加齢は楽しいことか、それとも苦しいことか。感情を仕分けすると、現時点では六：四で楽しいと言えます。さすがに七：三とは言えないけれど。

歳を重ねるごとに人生は味わい深くはなるものの、「若い頃よりずっと楽しい」と弾けるような笑顔で喧伝するのも、それはそれで嘘くさいと思うのです。

若い頃は、楽しさとつらさのＧ（重力）がいまの何倍もあって、とにかく大忙しでした。いきものとしては、いまよりキラキラと輝いてはいました。しかし、戻りたいかと問われたら「それはちょっと……」とやんわり否定したいのが本音。あんなドタバタ、もう気力体力がもたないもの。若い頃には若い頃の楽しさと苦しさがあって、中年には中年のそれらがある。そんな感じです。

さて、加齢。昔から少しばかり無頓着だったのと、それほど若い肢体で得をしてこなかったこともあって、肉体の変化はゆるりと受け止められています。顔面に関しては、弛《たる》みやくすみ自体への嘆きよりも、それらに効くと謳われているサプリやエステを試し、思った以上に効果が出た時の喜びのほうが大きい。美容医学も日々進歩しており、どうにも気になって仕方がなくなったら、それなりの施術を受ける心づもりもあります。それはそれで、とても楽しみ。

四十代半ばから、鋼に近いと思っていたメンタルがブレる日が出てきました。訳もなく悲しくなったり、落ち込んでソファから起き上がれなくなったり。いわゆる更年期障害の一環ですが、これが第二の思春期のようで楽しくもあります。

弱っちい自分を鍛えて鍛えて、中年になる頃には軍人のような仕上がりになっていた私。それがどうでしょう、まるで二度目の十四歳です。漠然とした不安、無限に捏《こ》ねたくなる駄々、地に落ちる自尊感情。頭のどこかで軍人が「そりゃ大袈裟だよ」としらけているからこそ、ブレを娯楽として味わえます。

第二の思春期を迎えたせいかどうかはわかりませんが、近頃は俗に言うワークライフバランスを考えるようになりました。これまではワークの充実こそがライフの充足に直結していましたが、いまは仕事ばかりでは人生がスカスカになっていくのを感じます。私にとって大きな変化です。馬力が利かなくなってきたため、多少仕事を減らしたところで昼寝の時間が増えるだけ。ライフは充足しません。さあ、どうしよう？

次の十年は、人生の新たなバランス配分がテーマになると思われます。仕事と娯楽と休息（主に睡眠）の三つに分ければ良かったこれまでと異なり、心身のセルフメンテナンスという新カテゴリーのために時間を割かねばならなくなりました。仕事と娯楽をやりすぎるとメンテナンス時間も増えるので、なかなか頭を使う作業になるでしょう。

こうやって自己観察と微調整を続けながら、楽しいことと苦しいことが六：四ぐらいのまま、晩年を迎えられたらいいな。

変化を楽しむことさえできれば、それも無理難題ではないと思うのですよ。

二〇二一年十月　　ジェーン・スー

「ラーメンたべたい」作詞・作曲：矢野顕子

「ペイン」作詞・作曲：Calvin Broadus / David Jolicoeur J
David West / Kelvin Mercer / Vincent Lamont Mason

「ウォリック・アヴェニュー」作詞・作曲：
Aimee Anne Duffy / Jimmy Hogarth

「ギブス」作詞・作曲：椎名林檎

「初恋」作詞・作曲：宇多田ヒカル

「AXIA〜かなしいことり〜」作詞・作曲：銀色夏生

「アンダードッグ」作詞・作曲：Jonny Coffer / Jonathan Charles / Johnny McDaid
Foy Vance / Edward Sheeran / Amy Victoria Wadge / Alicia Augello Cook / Alicia Keys

「フォーメーション」作詞・作曲：Michael Len Williams II/ Aaquil Iben Shamon Brown
Beyonce Gisselle Knowles / Khalif Malik Ibn Shaman Brown / Asheton Terrence O Niel Hogan

「オーディナリー・ピープル」作詞・作曲：Will Adams, John Stephens

「マーチマーチ」作詞・作曲：Jack Antonoff / Natalie Maines / Ross Golan
Daniel Dodd Wilson / Martie Maguire / Emily Strayer / Ian James Kirkpatrick

初　出

『CREA』2016年6月号〜2020年12月号　「●●と▲▲と私」
2021年春号「女と筋肉と人生」
秋号「ラブレター・フロム・ヘル、或いは天国で寝言。」
大幅に加筆の上、再編集しました。ほかは書き下ろし。

ジェーン・スー

1973年、東京生まれ東京育ちの日本人。作詞家、コラムニスト、ラジオパーソナリティ。TBSラジオ「ジェーン・スー 生活は踊る」、ポッドキャスト番組「ジェーン・スーと堀井美香の『OVER THE SUN』」のパーソナリティとして活躍中。『貴様いつまで女子でいるつもりだ問題』（幻冬舎文庫）で第31回講談社エッセイ賞を受賞。著書に『私たちがプロポーズされないのには、101の理由があってだな』（ポプラ文庫）、『女の甲冑、着たり脱いだり毎日が戦なり。』（文春文庫）、『生きるとか死ぬとか父親とか』（新潮文庫）、『私がオバさんになったよ』（幻冬舎文庫）、『これでもいいのだ』（中央公論新社）、『女のお悩み動物園』（小学館）、高橋芳朗との共著に『新しい出会いなんて期待できないんだから、誰かの恋観てリハビリするしかない 愛と教養のラブコメ映画講座』（ポプラ社）など多数。

ひとまず上《じょう》出《で》来《き》

2021年12月15日　第1刷発行
2023年6月30日　第5刷発行

著　者　**ジェーン・スー**
発行者　**鳥山靖**

発行所　**株式会社 文藝春秋**
〒102-8008
東京都千代田区紀尾井町3-23
電話 03-3265-1211（代）

印刷・製本　**大日本印刷**

ISBN978-4-16-391482-4　Printed in Japan

ジェーン・スーの本

『女の甲冑《かっちゅう》、着たり脱いだり毎日が戦《いくさ》なり。』

文春文庫

「私だって」と「私なんか」のせめぎあい。

きょうも我ら女子は、「女でいるため」の重たき装備を纏い、「自分らしさ」を模索して心と体にゴテゴテと甲冑を身につける。それは敵から身を守るため？　世間に認めてもらうため？　はたまた自らの純粋な欲望の発露なの⁉︎　心のクローゼットをいつもパンパンにして、ややこしき自意識と世間の目に翻弄されながら、日々を果敢かつ不毛に戦う、本音しかないエッセイ集。